Irene Pietsch

Jabo clic

Mandamos Verlag

© 2016 Irene Pietsch

Umschlag und Buchinhalt: Irene Pietsch
Vorderseite: „Dunirolle 1"
Rückseite: „Dunirolle 2"
Alle Bilder und deren Bearbeitung©: Irene Pietsch
Detaillierter Bildernachweis: Seite 200-201
**Ergänzte und überarbeitete Fassung von
„Durch & Durch Haydn"**

Verlag:
Mandamos Verlag UG (haftungsbeschränkt),
Alte Rabenstr. 6, 20148 Hamburg
Herstellung und Auslieferung:
tredition GmbH,
Grindelallee 188, 20144 Hamburg

ISBN

Paperback	ISBN 978-3-946267-21-8
Hardcover	ISBN 978-3-946267-22-5
e-book	ISBN 978-3-946267-23-2

Printed in Germany
Das Werk, einschließlich seiner Teile, ist urheberrechtlich geschützt. Jede Verwertung ist ohne Zustimmung des Verlages und der Autorin unzulässig. Dies gilt insbesondere für die elektronische oder sonstige Vervielfältigung, Übersetzung, Verbreitung und öffentliche Zugänglichmachung.

Inhalt:

Der Versuch eines Wegweisers	8
Backhendl und Hendlback	11
Guck-Café mit Musi	27
Lustig ist des Haydn Leben	43
Kurswagen 771	53
Nach London der Seeluft wegen	69
Stockrosen und Energiespender	89
Zum goldenen Ballpoint	105
Après London	121
Riesenrad	139
Haydn mehrstellig	153
Elle und Speiche	179

Der Versuch eines Wegweisers

Wenn zwei sich streiten, freut sich der Dritte. Wenn drei sich streiten, der Vierte usw. Keine Arithmetik der Weltgeschichte ist gegen dergleichen populistischen Unfug gefeit.

Der Dominoeffekt kann gestoppt werden. Musik ist kein Allheilmittel, kann aber eine fabelhafte, kineastisch wirksame Trösterin sein. Sie ist eine Diplomatin, deren Wirkung nicht selten erst nach Jahren an die Oberfläche tritt.

Eine lange Reise in die nahe Fremde oder fremde Nähe - wie in „Jabo clic" - kann ein Generalangriff auf Kommunikationstalent und Ausdauer sein.

Der Stresstest wird für die beiden frei erfundenen Passagiere im Kurswagen Warschau-Moskau des Fernschnellzuges Berlin-Wien zu einer historischen Rück- wie Vorschau. Hintergrund sind der Fantasie entsprungene Dialoge und Briefe von Josef Haydn.

Backhendl und Hendlback

„Kennen Sie Haydn – Josef Haydn, der mit der Wiener Schmäh und dem Quartett zum Text der Deutschen Nationalhymne?"

Das Abteil des Fernschnellzuges Berlin-Wien mit Kurswagen nach Warschau und Moskau ist unterbesetzt und dennoch gefühlt über den letzten Platz hinaus belegt.

Eine Dame und ein Herr sitzen sich in derart geschickter Beinanordnung gegenüber, dass eine Kollision als Notbehelf bereits jetzt abzusehen sein könnte, wenn die Charaktere es zulassen würden.

„Ich fahre demnächst nach Wien."

„Was für ein Zufall!"

„Kommen Sie aus Wien?"

Die Dame blickt aus dem Fenster, während sie spricht. Masten und Bäume fliegen, die Schleppseil ähnlichen Hochspannungsleitungen hüpfen und tanzen.

„Wenn Sie nach Wien fahren, sollten Sie für Ihre Reise unbedingt vorher einen oder mehrere Schwerpunkte setzen."

„Ich reise ungern nach Katalog."

„Bitteschön – das lässt sich vermeiden. Nehmen Sie beispielsweise das „Kaiserquartett" vom Herrn Haydn. Mehr brauchen Sie nicht für den Anfang. Davor und danach gibt es noch sehr viel, aber im Kern haben Sie die Historie dann soweit erfasst, dass Sie gar nicht mehr aufhören mögen, mehr zu erfahren."

Der Herr mit einem unüberhörbaren Akzent, der dazu verleitet, ihn Wien zuzuordnen, sieht angestrengt durch die fliegenden Masten und Bäume, sogar durch die tanzenden Hochspannungsleitungen hindurch auf die von Feldern durchzogene Landschaft. Derweil beobachtet ihn die Dame im Spiegel des Abteilfensters, als wenn es gälte, in kürzester Zeit die Frage zu entknobeln, wie wichtig das Stillhalten der Füße angesichts von leeren Karaffen ist.

„Heißt es ‚von Karaffen' oder einfach Karaffen?"

Das Gespräch ist eröffnet.

Der Herr mit der Wiener Sprachintonation fühlt seine Reisephilosophie in halbwegs zufrieden stellender Gänze bestätigt, was ihm keine üble Ausgangsbasis für einige unterhaltsame Stunden scheint.

„Der Herr Haydn hätte das nicht besser fragen können, wenn er nicht so recht weiter wusste. Die Donaufrage war für ihn stets die kompositorische Antwort auf das Kräuseln der Wasseroberfläche als Anzeichen für starke Strömung darunter."

Gerade jetzt passiert der Zug wieder eine der kleinen Ortschaften, deren Bahnhöfe verödet sind, die Bahnsteige sauber gefegt und leer, die Schilder mit dem Ortsnamen nicht lesbar. Ohnehin ist die Fahrtgeschwindigkeit zu hoch, um mehr als einzelne Buchstaben erkennen zu können, die keinen Sinn machen.

„Welchen Ort haben wir eben passiert?"

„Gnädige Frau, ich hatte gerade keinen Blick dafür. Ich bitte um Entschuldigung. Wenn es Sie interessiert, könnte ich aber nachfragen, wenn die Kartenkontrolle kommt."

„Danke. Ich dachte, die so genannte Donaufrage könnte eine Rolle spielen."

„Wie darf ich das, bitteschön, verstehen?"

„Bei der Oberflächenfrage bin ich einigermaßen festgelegt."

„Das sehen Sie zu absolut. So hätte der Herr Haydn das nie und nimmer ausgelegt. Die Oberfläche muss nicht zur Zentralfrage aufgebauscht werden, wenn Sie nicht genügend Gründe dafür haben, sie übergangsweise als zweitrangig zu betrachten. Falls es Sie danach gelüstet, das Gegenteil zu bewundern – die Sezession steht Ihnen in Wien an jeder Ecke bis hinauf zum ‚Belvedere' zur Verfügung. Wie werden Sie denn anreisen, wenn Ihre Terminplanung einen Wien Besuch zulässt?"

„Gemischt."

Der Herr hält seinen Unmut darüber, dass seine Heimatstadt so abgefertigt wird, als ob es sich darum handeln würde, in einem Schnellimbiss einen vorgefertigten Salat aus Großküchen zu bestellen, bewundernswert gezügelt.

„Gnädige Frau, da muss ich doch energisch protestieren - schauen's her: Wien mit den filigransten Individuen, die es überhaupt diesseits und jenseits von überall, wo man gerade hinguckt, gibt. ‚Gemischt anreisen' - der Vergleich mit irgendeinem Eintopf ist beinahe ein Sakrileg! ‚Gemischt' nach Wien anreisen, ist bestenfalls wie ein Backhendl vom Spieß statt aus der Röhre – wenn überhaupt. Am liebsten wäre es mir, Sie würden sich dessen ganz und gar enthalten."

„Dann muss das wohl so sein."

„Schauen Sie", beginnt der Herr aus Wien seine Mission erneut, nachdem er meint herausgehört zu haben, dass sein Backhendl Beispiel wenig Anklang gefunden hat. Er sucht nach geeigneteren Appetitanregern, um der Dame im Fernschnellzug Berlin-Wien mit Kurswagen nach Warschau und Moskau die Eigenarten des europäischen Festlandszentrums mit allen konzentrischen Kreisen ringsherum auf der respektiven Basis von Kunst und Kultur näher zu bringen. *„Schauen Sie, was beinahe pathologische Selbstkritik betrifft – dafür sind wir Wiener berüchtigt!*

Übrigens ist mein Name Grotschy – Grotschy wie der berühmte Sekretär vom Herrn Haydn."

Herr Grotschy hofft, mit seiner Personalie die Stimmung anzuwärmen.

"Falls es von Interesse sein sollte - ich könnte Ihnen Geschichten erzählen, die Sie noch nie über den Herrn Haydn gehört haben."

Die Dame sieht weg, was Herrn Grotschy wenig beeindruckt.

"Wissen Sie - ich tue es einfach. Wir inhalieren eh ein- und dieselbe Luft."

„Das ist ja interessant."

"Sie können sich mir ruhig anvertrauen."

„Ich buche über mein Reisebüro."

"Ein eigenes?"

„Bei meiner regen Reisetätigkeit könnte ich es beinahe so nennen."

"Aber Wien gemischt..."

Der bekennende Wiener hat sich noch immer nicht beruhigt.

"Wenn ich Ihnen einen gut gemeinten Rat geben darf: Nehmen Sie alles andere, aber nicht gemischt. Das ist heraus geworfenes Geld. Viel schlimmer: Es ist vergeudete Zeit. Wer kann sich das heutzutage schon noch leisten?"

„Ich dachte an die Donaudampfschifffahrtsgesellschaft."

"Eine sehr gute Entscheidung! Eine von mehreren Möglichkeiten wäre die Hinreise über Ungarn. Die Donau ist dort nicht so stark kanalisiert. Sie können sich unterwegs umschauen, ob Sie ein paar Tage hier und da bleiben mögen und auf der Rückreise wieder an Bord gehen, um alles in der Retrospektive zu betrachten."

„Wie lange dauert das ungefähr?"

"Ich würde meinen, ein paar Wochen sollten Sie schon einkalkulieren. Etwas Entspannung an Deck muss man sich auch mal gönnen, sonst artet so eine Reise in Stress aus."

„Ich müsste mich erkundigen. Jedes Schiff hat seine technischen und baulichen Eigenheiten."

"Wenn Sie so wollen."

„Gibt es noch eine Alternative? – Mein Name ist übrigens Wykunda."

„Angenehm. Gnädige Frau – schauen Sie, ich bin Wiener – da denkt man sowieso in anderen Dimensionen. Ich beispielsweise würde nicht erst mit dem Dampfer nach Wien reisen. Sie kommen in Gefahr, allen Klischees zu erliegen, die über uns in Umlauf sind."

„Wie kommen Sie darauf?"

„Die Donau hat so viele Schleifen, dass Sie meinen könnten, alles ende in einer Kokarde, was keineswegs stimmt."

„Ich habe es nicht so sehr mit Schleifen."

„Sehen Sie, das habe ich geahnt. Umso besser. Dann können Sie ebenso gut einen beinahe geraden Umweg machen.

„Wie das?"

„Ich versuche es klassisch zu erklären:

Stellen Sie sich vor, Rapid Wien hat sich unlängst die Meisterschaft im Spiel gegen Klagenfurt einfach durch die Finger rinnen lassen!"

„So viel Verve um ein paar Elfmeter mehr oder weniger kann ich schwer nachvollziehen."

„Das sagen Sie so einfach daher - gnädige Frau, Sie kommen unter Umständen zum falschen Zeitpunkt nach Wien, wenn Sie die Tickets direkt bei der Dampfschifffahrtsgesellschaft kaufen – haben Sie bereits gebucht?"

„Vorreserviert."

„Also bitteschön, da haben Sie jegliche Möglichkeit, davon zurückzutreten und sich eine Bahnfahrkarte mit Bahnsteigkarten für unterwegs zu besorgen. Die interessanteste Streckenführung ist die von Ost nach West, wenn es nicht von West nach Ost sein soll."

„Eine Kooperation deutsch-österreichischer Netzkarten?"

„So eine Art Bahnhofshoping.

Frau Wykunda stutzt. Sie ist von Natur aus für korrekte Aussprache. Das ergibt sich aus ihrer Körperhaltung.

Herrn Grotschys „Bahnhofshoping" findet sie jedoch von so tiefem Sinn erfüllt, dass sie es als wahrhaftige Meinung durchgehen lässt.

Der Herr mit dem Haydn Input lässt sich von Frau Wykundas Gewissensmarathon in neuer persönlicher Rekordzeit nicht tangieren, was ihm anzumerken ist.

„*Es lohnt sich*", schaltet er sich in die Bestzeit von Frau Wykunda ein.

„*Das Gepäck können Sie ganz commode nach Wien vorschicken und Sie selber kommen hinterher, wann Sie wollen. Vorher anmelden tät ich's in Ihrer Stelle allerdings schon. Nur, weil man die Richtung wissen müsste.*"

„Von wo?"

„*Von der äußersten Grenze Mährens, da wo schon Gras über die Grenzschlagbäume wächst, immer weiter nach Westen. Sie können gar nicht anders. Die Züge sind auf die Strecke verpflichtet. Ausweichmanöver gibt es nur per Signalverständigung.*"

„Und weiter?"

„Wenn Sie meinen, Sie sind in Kanada, ist es gerade recht. Das ist Böhmen mit seinen großartigen Bauwerken. Wo andere als Visitenkarte lediglich eine Hausnummer haben, sind in Böhmen oft genug goldene Kuppeln. Ich könnte Ihnen noch mehr erzählen. Der Herr Haydn kannte seine Leut' schon."

„Von Wien aus?"

„Wie wollen Sie das trennen? Eigentlich müssten Sie sowieso in Prag verweilen, wenn Sie schon dort in der Gegend sind, und Sie kommen da ja nicht dran vorbei, ohne in der Gegend von Prag gewesen zu sein.

„Das ist mir zu hektisch. Dafür muss ich mir das nächste Mal mehr Zeit nehmen."

„Dann halten Sie jetzt schon mal Ausschau, wo Sie später hinreisen wollen und verschaffen sich einen ersten Eindruck. Wenn's nach einer guten Weile in der platten Ebene hügelig wird und die Berge sich mit einer stattlichen Anzahl von Burgen regelrecht gefestigt zeigen, dann sind sie wahrscheinlich in Böhmen. Den besten Ausblick hat man von da oben."

Herr Grotschy guckt aus dem Fenster und legt dabei seinen Kopf auf die Schulter, damit er besser sehen kann, wo draußen oben ist, falls es gerade einen Berg mit einer Burg zu bewundern geben sollte. Das ist nicht der Fall. Der Fernschnellzug befindet sich derzeit auf freier Strecke zwischen Streusandbüchse und Mangrovenwäldern.

„Vielleicht ergibt sich alles in ein paar Stunden günstiger."

„Wenn wir uns Wien nähern?"

„Ich könnte dort auf Sie warten, wenn Sie von Ihrer Reise aus dem Osten nach Prag zurück kommen und Sie durch das verwinkelte Gassensystem der inneren Altstadt von Österreichs Kapitale in ein Wiener Kaffeehaus führen, das es in Böhmen und Mähren nur anders gibt."

Guck-Café mit Musi

„Ein Wiener Kaffeehaus – davon habe ich in höchsten Tönen schwärmen hören. Soweit ich verstanden habe, ist es gehobenes Standardprogramm für Jungakademiker und Mittelstands Publikum mit avanciert intellektuellem Anstrich."

„Gnädige Frau, ein Wiener Kaffeehaus ist niemals Standardprogramm! Ich weiß nicht, wer Ihnen das erzählt hat. Eine Niedertracht ist so etwas, Sie in die Irre zu führen. Vermutlich war es ein Neuwiener. Ich kenne meine Leut'! Die haben ein Gespräch mit Ihnen gesucht und dabei die falsche Person angesteuert. Der Verdacht liegt nahe, dass es sich um einen unschönen Berufsunfall handelt. Nehmen Sie es nicht persönlich, auch nicht, wenn Sie es irgendwo mal lesen sollten, was ohnehin genauso sträflich wäre."

Frau Wykunda ist entschlossen, dem Ersuchen des Herrn Grotschy Genüge zu tun, wie sie es sich als Berufstätige, die mit zerbrechlichen Kulturgütern ihr Auskommen verdient, nur leisten kann. Im Falle der Umsetzung ihrer Wienpläne, wird sie sich von der legendären Wirkung eines historischen Wiener Kaffeehauses überzeugen, was sie Herrn Groschy gegenüber in ähnlicher Form verbalisiert.

„Ich muss einen einzigen, aber wichtigen Vorbehalt machen: Ganz Wien steht noch immer Kopf wegen der grünen Skisaison bis weit nach Ostern und jetzt folgt bereits unmittelbar darauf die Sache mit dem Fußball.

Die Aneinanderreihung der Ereignisse – gnädige Frau, ich muss aufrichtig zu bedenken geben, dass Ihnen unter Umständen ein grundfalscher Eindruck vermittelt wird."

„Was hätte denn Haydn dazu angemerkt, wenn er Rapid Fan gewesen wäre?"

„Der Herr Haydn? Der hat sich keine einzige Meisterschaft zwischen den Fingern durchrinnen lassen, so wahr ich hier mit Ihnen im Fernschnellzug Berlin-Wien in einem Abteil des Kurswagens nach Warschau und Moskau sitze!

Wissen's, am besten Sie fahren ein anderes Mal nach Wien. Jetzt ist nicht die rechte Zeit. Normalerweise sind die Straßen schwarz vor Menschen, die mal mehr, mal weniger gemächlich ihren Geschäften nachgehen, aber heuer..."

„Wegen Rapid?"

„Sie sitzen in den Kaffeehäusern."

„Und trauern?"

„Na, wenn schon, dann erregen sie sich. So eine Schmach kann man sich nicht entgehen lassen! Ich möchte das für Sie etwas ausführlicher erklären, damit Sie uns verstehen lernen:

Dem Wunsch eines Besuchers nach Muße für das innere Gleichgewicht als Waagschale zum äußeren Geschehen, um Kalamitäten parieren zu können, wird durch eine traditionelle Institution wie einem Wiener Kaffeehaus am besten Rechnung getragen."

„Ich verstehe."

„Warten's. Das Kaffeehaus gibt es zur Eindämmung, wenn nicht gar Verhinderung unangenehmer Besonderheiten in Abläufen von geschichtlichem Ausmaße. Es ist wie ein geistigemotionales Herbarium mit prosperierenden Aussichten auf eine Promotion über ‚Das Recht auf einen Palmenhaus Status oder eine Orangerie Verglasung im Winter als Anspruch aus Gewohnheit gemäß Kaiser-Dekret Anno 1858'"

„Aha, deswegen der enorme Zulauf gerade jetzt."

„So warten's doch! In einem Wiener Kaffeehaus können Befürchtungen und Wunschdenken in die eine oder andere Richtung gelenkt werden."

„Von Ost nach West?"

„Na, das habe ich so nicht gesagt. Das Talent, sich in die Sprachfärbung eines Kaffeehauses einzuhören, ist unter günstigsten Umständen ererbt. Sollte diese Erwartung nicht erfüllt werden, leistet ein Kaffeehaus diplomatische Dienste durch sanft zwingende Einflüsse, die an der Eingangstür anfangen und derart aufbereitet sind, dass sich jegliche Hektik verbietet.

Sogar Kaffeehaus Archetypen wie Weltverbesserer müssen sich dem Comment eines Wiener Kaffeehauses beugen, um geborene Diplomaten nicht in die Verlegenheit zu bringen, sich ihren Kaffee am Schreibtisch servieren lassen zu müssen. Das kann zwar einen weiter führenden Dialog beinhalten, bleibt jedoch wegen des fehlenden Echos lückenhaft. Der einzige Trost ist, dass die fehlende Resonanz äußerst selten vorkommt, aber es könnte sein, dass Sie damit konfrontiert werden, wenn es zu einer unbotmäßigen Kumulation von gesteigertem Bedürfnis kommt, dem eigenen Unmut Luft zu machen.

Schauen Sie, gnädige Frau, jegliche Hyperbeherrschtheit ist ja ein Training, das ab und an einiger Lockerungsübungen bedarf, die auch mal halb daneben gehen können, wenn die Umstände günstig sind.

„Was würden Sie denn als ‚günstige Umstände' bezeichnen?"

„Ich versuche, für Sie das Beispiel anders zu formulieren, damit Sie den Herrn Haydn und seine Zeit erspüren können: Stellen Sie sich vor, jemand klettert auf einen Baum und lässt einen makellosen Apfel fallen, hebt ihn nach einer guten Weile auf und stellt fest, dass er trotz erheblicher Fallhöhe lediglich eine Druckstelle abbekommen hat. Sehen's, das ist günstig."

„Ähnliches soll ja schon bei unseren gemeinsamen Vorfahren Adam und Eva vorgekommen sein." Frau Wykunda ist leicht düpiert und denkt gar nicht daran, es in irgendeiner Weise zu verbrämen.

„Aber nein! Wo denken Sie hin! Leut' wie Sie sind uns sehr angenehm. Nur bedenken Sie – das A und O sind die Hin- und Rückreisemodalitäten. Die sollten schon die erste Wahl sein, egal welches Vehikel Sie präferieren."

Herrn Grotschys Mahnung ist unbedingt wörtlich zu nehmen. Er leitet sofort zu sehr konkreten Vorschlägen über:

„Gnädige Frau, was ich Ihnen sage, nach Wien sollte man mit einem Ufo kommen, vorbei an Schwechat und dem Künstler Kraftwerk, über der Schnellstraße ganz entspannt bis zum Stephansplatz einschweben und dort in eine Droschke umsteigen. Sie können die dann ohne Bedenken für den Rest Ihrer Reise gebucht halten. Ich weiß, wovon ich rede."

Genau das ist Herrn Grotschy - ohne Lupe - überdeutlich anzusehen.

Ganz nebenbei: Der Herr Haydn hat das ebenso gehalten."

Frau Wykunda fühlt sich ein wenig in die Defensive drängt:

„Soll ich das als Wink mit dem Zaunpfahl verstehen, einen möglichst großen Bogen um Wien zu machen und erst nach ein paar Schleifen über den Planquadraten des Wienerwaldes mit dem Heißluftballon zur Landung aufsetzen?"

„Aber wo denken Sie hin! Wir Wiener sind völlig unvoreingenommen. Was alles über uns kolportiert wird! Das würde inzwischen Jahrhunderte an Kongressen füllen!"

„Ich kenne das aus meinem Beruf als Porzellan Doktorin mit eigener Klinik."

Herr Grotschy erhebt sich andeutungsweise von seinem Platz und macht eine Respekt bezeugende Verbeugung.

„Meine Examensarbeit habe ich über ‚Der Schutz von Oberflächen auf Dorfteichen und die Konsolidierung durch Entenfutter' geschrieben."

„Was Sie nicht sagen! Das würde ich gerne ins klassische Österreichisch übersetzen!"

„Wer hindert Sie daran? Mein Skript ist in Hannöverschem Deutsch, also nach allen bekannten Magistralen beinahe eins zu eins übertragbar.

Es gibt sicher auch bei Ihnen kostbare Teile, die Geschichten erzählen, dass es einen jammert, wenn man am Bruch erkennt, wie sie entzwei gegangen sind.

Alle Beschädigungen sind Tragödien von ergreifendem Ausmaß, dennoch nehmen sich nicht wenige wie ein Sonntagsgespräch über den erhöhten Gartenzaun als opera seria in Dreifachbesetzung aus!"

„Also, gnädige Frau, das ist wirklich wunderbar ausgedrückt! Darf ich mir ihre ‚opera seria in Dreifachbesetzung' für meine Metaphersammlung notieren?"

Frau Wykunda nickt huldvoll und bemüht sich auf eindrucksvolle Weise, Herrn Grotschys Sammlung zu bereichern, indem sie aus ihrem Erfahrungsschatz mit klinischen Rettungsversuchen von lebenswichtigen Kulturgütern detailliert berichtet:

„Wenn von der Deckelvase eines Erbstückes ein Schneeball einfach abbricht, weil man den Florentiner Unterstelltisch zu ruckartig bewegt hat - und das auch noch eigenhändig - dann habe ich es in der Regel mit einer besonderen Herausforderung zu tun, die für ein offizielles Kommuniqué nicht taugt."

„Genau - das ist die Situation in vollem Umfang! Beinahe haben Sie à la Vienne gedacht!"

„Es geht ja eigentlich um Mondiales. Da sind Sie in Wien traditionsgemäß einige Nasenlängen voraus."

„Gnädige Frau, ich werde Ihnen ein gutes Beispiel für Ihr Argument geben, das Sie nie vergessen werden. Die Sissi zum Beispiel. Die war gar nicht von Wien. Die kam aus Bayern. Ein Naturkind sei's, wurde kolportiert. Nichts war's mit ‚Naturkind'! Alle Leut' mussten darben. Die Sissi mit ihren ausgekochten Fleischgelüsten! Kein halbwegs normaler Mensch konnte davon satt werden."

„Da kenne ich mich als Gelegenheitsvegetarierin zwar nicht wirklich gut aus, was aber nicht heißen soll, dass ich mich nicht überall zurechtfinde, wenn nicht gerade verdeckte Querverbindungen den täglichen Handlungsbedarf zur Beschaffung des Grundbedarfs der bürgerlichen Zivilgesellschaft versperren. Kartoffeln sind mir am liebsten."

„Stammen Sie etwa aus der schönen Gegend, wo die Sissi herkam?"

Herr Grotschy betrachtet seine Zufallsbekanntschaft mit äußerstem Misstrauen.

„Dann will ich nichts gesagt haben. Man kommt bei gemeinsamen Interessen leicht mal ins gedankenlose Plaudern."

Frau Wykunda kontert kühl:

„Kennen Sie Grotschy?"

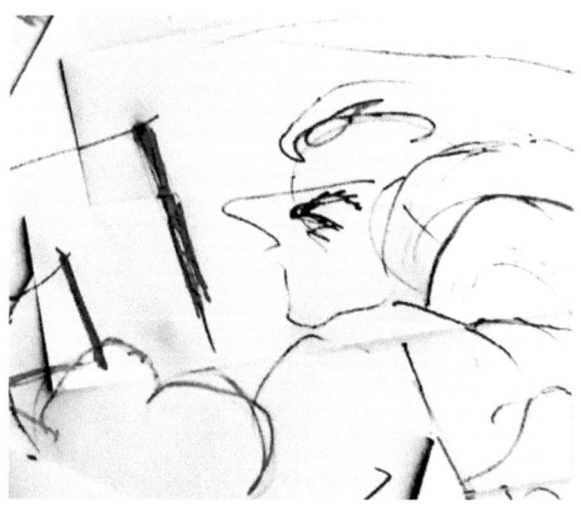

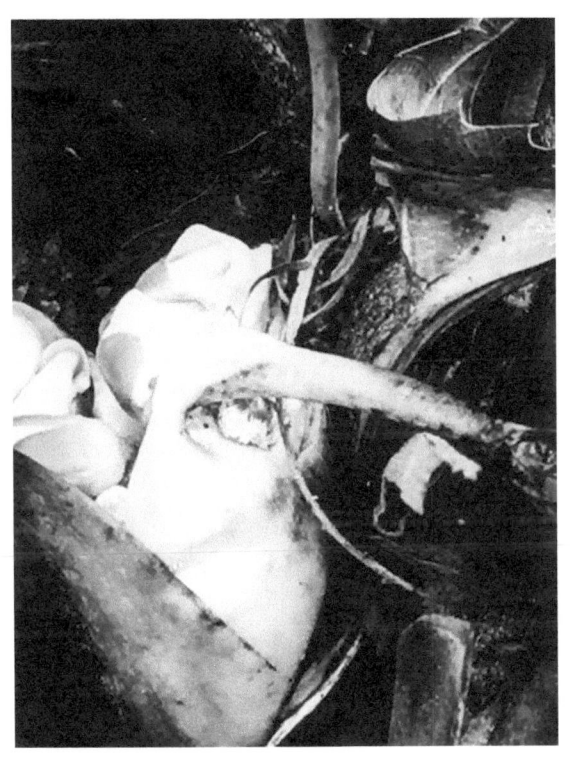

Lustig ist des Haydn Leben

Herr Grotschy ist auf ein sich abzeichnendes Kreuzverhör nicht vorbereitet. Das äußert sich darin, dass er zu einer Zeitschrift greift, die auf der Handgepäckablage liegt und die Hauptstationen des Fernschnellzuges farbenprächtig in Bild und Wort illustriert, als durchquere der Fahrgast per Flanierkarte frühherbstliche Weinberge und Wälder im Habit eines Altweibersommers.

„Sie kennen Grotschy also nicht", konstatiert Frau Wykunda. „Dann fehlt Ihnen ein wichtiger Baustein in Ihrem Wissen. Da, wo ich herkomme, ist der Name nicht gerade revolutionär selten."

Herr Grotschy lässt das Magazin langsam, sehr langsam auf die Knie sinken, bis es sich von selber in voller Schönheit öffnet und flatternd zu Boden fällt. Eine Landkarte von Deutschland, Österreich, Polen und der Russischen Föderation wird sichtbar, die in etwa dem entspricht, was Frau Wykunda sich bildlich vorstellt.

Wenn sie aus dem Zugfenster blickt, was sie seit der Abfahrt in Berlin hin und wieder tut, sofern Herr Grotschy sie nicht gerade in einen neuen Gesprächsanlauf verwickelt, meint sie die angedeutete Topographie wiederzuerkennen.

Demnach wäre es nicht unbedingt auszuschließen, dass die Grenze vom Osten Mährens zur Ukraine entweder schon hinter den Reisenden liegt oder aber gleich nach der nächsten Biegung in Sicht kommt, wenn das Magazin es beim Weiterblättern erlaubt, was nicht den Tatsachen entspricht und für aufbauenden Gesprächsstoff zwischen Herrn Grotschy und Frau Wykunda sorgt.

„Grotschy im Osten?"

„Eher nicht."

„Ich habe ‚Südosten' gemeint, als ich ‚Osten' sagte. Wahrscheinlich gehe ich richtig in der Annahme, dass Sie nicht um unsere Wiener Diktion wissen. Wir sprechen zum leichteren Verständnis vom ‚Osten', wenn wir – von uns aus gesehen - jenseits der Karpaten meinen."

Die Geschmeidigkeit, mit der Herr Grotschy die kleine Parade der ungnädigen Frau Wykunda stört, ist derart bewundernswert, dass die sich wegen des nicht ganz ausgefochtenen Duells geschickt bückt und mit einem Handgriff Ordnung im Coupé schafft.

Sie reicht Herrn Grotschy das angestaubte Werbeheft, wobei sie es noch ein paarmal knatternd hin- und her schüttelt. Unter gar keinen Umständen wolle sie ihn seiner Fachlektüre berauben, merkt sie dabei an. Vielleicht sammele er Hefte dieser Art, was er bitte nicht missverstehen möge. Sie, als Porzellan Doktorin, halte sehr viel von Printmedien mit anschaulichen Bildungseinblicken. Ihre Klinik gebe selber einiges an Fachzeitschriften für schulischen Anschauungsunterricht heraus. Sie könne es sich deshalb erlauben, ihm den Tipp zu geben, immer von der Heftung aus nach rechts weiter zu blättern und danach – über die Mitte hinaus - ganz zurück zum Anfang.

Im Übrigen läge das Grotschy ihrer Herkunft ganz woanders. Frau Wykunda klopft mit dem Knöchel hart gegen die Scheibe.

„Da draußen, wo Abraumhalden zu blühenden Landschaften werden."

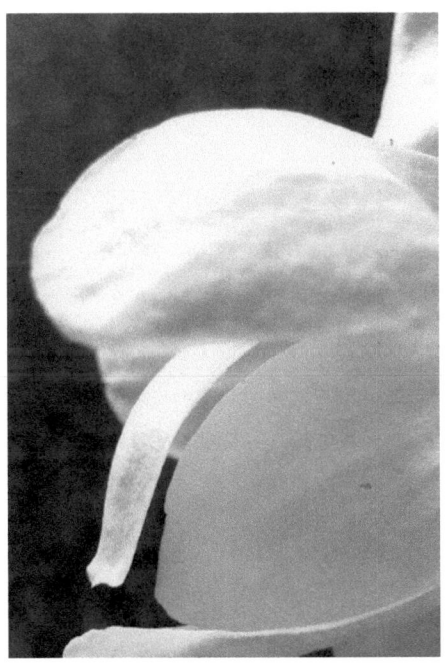

„Da draußen irgendwo", wiederholt Frau Wykunda herausfordernd, als der eloquente Wiener sich überraschend in Schweigen hüllt. „Ist das auch die von Ihnen angedachte Richtung?"

„Wir könnten uns bei dem Herrn Haydn treffen", lenkt Herr Grotschy ein.

„Ich kann Ihnen eine seiner bekanntesten Sinfonien vorspielen. Nach sorgfältigen Recherchen habe ich die Einspielung vorsichtshalber selber moderiert.

„Wenn der Service durch ist."

„Bitteschön. Ich kann aber schon verraten, wo der Herr Haydn hingereist ist, um sich dafür inspirieren zu lassen."

„Nach Moskau zur Avantgarde?"

„Moskau! Selbst von St. Petersburg konnte er nur träumen. Die Verhandlungen über bilaterale Kommunikation steckten ja noch in den Kinderschuhen. Es war nicht minder unspektakulär, aber nicht ganz so auffällig abweichend von den Gepflogenheiten im damaligen Wien,

sich ganz oder halb inkognito auf „Inspektionsreise" nach London zu begeben.

Das hat dann - entgegen der Einschätzung vom Herrn Haydn - schon für genügend Furore gesorgt, um alle zu alarmieren, die Umwälzungen in der Musikgeschichte schon Jahre im Voraus spüren und sofort da sind, um sich die Rechte daran zu sichern.

Sie werden die Hintergrundgeschichten in allen Einzelheiten hören, wenn ich Ihnen die jeweilige CD zu Gehör bringe."

Frau Wykunda drückt ihren Kopf gegen eine der Stützen aus unaufgeregt gemustertem Velours in gedeckten Farben und hält sich sehr steif:

„Ja, ja – Komponisten waren immer schon für Politthriller gut. Beispiele gibt es zuhauft. Strauss Vater, Strauss Söhne 1,2,3 ff., Beethoven…"

„Na, unser Beethoven!"

„Sehr geehrter Herr Grotschy, Sie irren! Es ist immer noch unser Beethoven!"

„Gnädige Frau, bitt' schön, ich bin Wiener. Wir streiten darüber nicht."

„Wir warten den Service ab."

Frau Wykunda hat die strittige Frage nur aufgeschoben, nicht aufgehoben.

„Dann spiele ich Ihnen das erste Stück vor."

Herr Grotschy entnimmt seinem Gepäck einen tragbaren CD-Player und stellt ihn auf das Fensterbrett neben seinem Sitz.

Danach sucht er nach geeigneten Anschlüssen und entledigt sich zur Erleichterung des schwierigen Unterfangens, unter der nicht hoch klappbaren Lehne seines Sitzes hindurch zu kriechen, des knitterarmen Jacketts aus feinem Zwirn. Zuvor bittet er Frau Wykunda, zwar proforma, aber formvollendet, um Genehmigung. Die tut sich keinerlei Zwang an und stimmt, süffisant lächelnd und den Kopf schüttelnd, aber ohne grundlegende Bedenken ebenso proforma zu.

„Sind Sie Linkshänder?"

„In der Schule hatte ich anfangs Probleme."

„Ich würde Ihnen sonst meinen Platz anbieten, damit es Ihnen leichter fällt, seitenverkehrt zu operieren.

„So schlimm ist es heute nimmer. Fast alles ist eine Frage der Gewöhnung. Im Restaurant bestelle ich mir normalerweise zwei Teller und eine halbe Portion auf jeden. Das ist bis jetzt beinahe immer ohne Nachfragen und einigermaßen zu meiner Zufriedenheit ausgeführt worden."

„Für rechts und für links?"

„Sie sagen es."

„Und wie halten Sie es mit der CD?"

„Die liegt eh in der Mitte – wenn Sie mich jetzt bitte entschuldigen würden."

Herr Grotschy taucht ab, kommt Frau Wykunda aber noch einmal ungefähr in Kniehöhe entgegen und versichert ihr, dass sie den rüden Abbruch des Gesprächs bitte nicht missverstehen möge. Er stehe sofort nach der Installation für die Fortsetzung des Gesprächs wieder zur Verfügung.

Kurswagen 771

Der Haydnforscher Grotschy mit ausgeprägt missionarischer Musikbegeisterung ist gut erzogener, mitteleuropäischer Rechtshänder.

„Ist Ihnen die Klimaanlage angenehm", fragt er Frau Wykunda mitfühlend, die ihn bei der technischen Grundübung amüsiert beobachtet.

„Danke."

„Ich könnte sie adjustieren."

„Der Schaffner hat sie ausgestellt."

„Das ist mir entgangen."

„Macht nichts. Ich kann damit leben. In der Porzellan Klinik haben wir auch jemanden, der sich um die Temperaturregler kümmert."

Der Service kommt und nimmt die Bestellung für den Speisewagen auf, wobei streng Pünktlichkeit angemahnt wird: „Das Essen wird auf den Punkt frisch zubereitet. Bitte halten Sie Kleingeld bereit. Wir können keine Devisen wechseln."

Herr Grotschy fühlt sich unanständig bevormundet und will sich mit einer passenden Antwort Autorität verschaffen, als auch schon die Schiebetür des Abteils von außen mit Nachdruck geschlossen wird, dass die Gummipuffer nachgeben und es zu einem dumpfen Knall kommt.

„Ohne Störungen ist meine Haydn-CD in weniger als einer Stunde abgespielt", kommentiert Herr Grotschy den Versuch, den Passagieren von Kurswagen 771 nach Warschau und Moskau des Fernschnellzuges Berlin-Wien fremden Willen aufzuzwingen.

„Im Gang sind die Fenster auf", merkt Frau Wykunda an. „Sie müssten geschlossen und unsere Tür geöffnet werden, damit ich in den Genuss eines Stimmungskonzerts zur Mittagszeit kommen kann."

„Also bitteschön, gnädige Frau, ich werd' mich gleich darum kümmern, wenn ich die aufwändige Technik für den CD-Player zu unserer Zufriedenheit aufgebaut und vernetzt habe."

Herr Grotschy werkelt und zieht immer neue Verbindungsschnüre und Kontakte aus seinem Handgepäck.

„Einfach- oder Schukostecker?", bringt sich Frau Wykunda sachkundig ein, um zu bezeugen, dass sie Herrn Grotschys Anstrengungen zu würdigen weiß.

„Weder – noch."

Er legt die CD ein und spielt sie im Zeitraffer um ein Andante vor, um die prognostizierten 55,73 Minuten exakt einhalten zu können. Dann reicht er Frau Wykunda die Kopfhörer, mit denen sie auf die Schnelle nichts anzufangen weiß und sich ihrer - in Unkenntnis der Technik, die außerhalb ihrer praktischen Intelligenz liegt - unsachgemäß bedient.

„Gnädige Frau – so nicht. Wenn Sie umgekehrt in die Aufnahme hinein hören, werden Sie mich nimmer wiedererkennen!"

„Man kann jemanden sowieso nicht gut genug kennen, auch wenn die Technik erwartungsgemäß funktionieren sollte", widerspricht Frau Wykunda.

„Mir wäre es nach wie vor lieber, Sie öffnen die Tür und schließen das Waggonfenster. Das erweitert mein subjektives Hörgefühl."

Sie versucht, ihren Kopf in einigermaßen gut ausgewogenen Abständen zwischen die beiden dafür vorgesehenen Stützen zu legen, was Herr Grotschy bemerkt und sie aus der Ruhestellung wieder aufschreckt.

„Na, ich bitt' Sie! Ohne Kopfhörer! Aber ganz wie Sie wünschen. Kann ich sonst irgendwie zu einem angenehmen Hörgenuss beitragen?"

Herr Grotschy betrachtet Frau Wykunda wie ein Gymnastiklehrer, der ungewollt Überstunden machen muss.

Warten Sie, ich zieh Ihnen den Sitz aus, dann können Sie die Beine hochlegen."

Frau Wykunda setzt sich noch ein bisschen senkrechter, presst ihren Rücken gegen die gepolsterte Abteilwand und zieht beide Beine artig an. Herr Grotschy schreitet unverzüglich zur Tat, was die

Bewegungsfreiheit im Abteilgang für den weiteren Teil der Reise stark einschränkt.

„Warten Sie, ich muss nur noch auf meinen eigenen Platz."

„Vielleicht sollten wir doch die Plätze tauschen, wenn wir mit der Kontrolle unserer Fahrausweise durch sind?"

„Wenn Sie nicht öfter aufstehen als ich, wäre das eine gute Idee. Ob sich die Frequentierung des Kurswagens ab Wien dann zu unseren Ungunsten ausnimmt, wird sich zeigen."

„Ihre Aufmerksamkeit in allen Ehren, aber ich kann beim besten Willen nicht jetzt schon sagen, wie oft ich aufstehen muss."

Herr Grotschy ist in seinem Element. Er trifft in aller Umständlichkeit Vorbereitungen, auf den Platz von Frau Wykunda umzuziehen. Der gute Wille allein tut es nicht. Die Länge des Kabels reicht nicht. Der Vortrag zu den moderierten Haydn Sinfonien wird für einen Schreckmoment unterbrochen, was keinesfalls sein darf.

Er greift sofort ein. Mehr als einen Satz traut sich auch der selbstbewusste Musikforscher Grotschy nicht, dem Herrn Haydn zu streichen.

Es bleibt also bei der alten Ordnung. Die Kabel sind an Herrn Grotschys Geschicklichkeit gekoppelt und Herr Grotschy an die Handhabung des CD-Players. Der Musik werden noch rund 40 Minuten eingeräumt, gerade genug, um einen ersten Eindruck zu bekommen.

„Der Herr Haydn, seines Zeichens größter zeitgenössischer Komponist Europas, hat mit zahlreichen Oratorien und Sinfonien bereits eine umfangreiche Musikschöpfung vorzuweisen", beginnt Herr Grotschy sein musikhistorisches Referat auf der CD, das er murmelnd begleitet, wie um sein Gedächtnis zu überprüfen und in Stereo vorträgt:

„Er sträubt sich nicht lange..."

„Der Herr Haydn, natürlich", wirft der leibhaftige Herr Grotschy ein.

„Warten's – wo waren wir noch g'rad stehen geblieben? Ah ja, da haben wir exakt die Stelle:

Er sträubt sich nicht lange gegen diese Erkenntnis und verlegt seinen Fokus auf Weiterbildung in die Kulturmetropolen Europas. Dafür hat er ganz primär Kontakt mit Kollegien und assoziierten Mitgliedern in London aufgenommen.

Westminster hatte die neuesten vertonten Bibeltexte vom Herrn Haydn mit eindeutigem Interesse zur Kenntnis genommen. Einer baldigen Einstudierung stand nichts mehr im Wege, sobald die Texte in Oxford Englisch übersetzt sein würden."

Herr Grotschy im Fernschnellzug Berlin-Wien-Moskau schaut ins Fenster und sieht dort Frau Wykunda mit nachdenklichem Gesicht.

„Sagen Sie nur, wenn ich Sie ermüde."

Er seufzt mit Inbrunst, als wenn er sich einer kaum zu bewältigenden Aufgabe unterwirft, Frau Wykunda das Treiben in Wien und um Wien herum am bewegten

Leben vom Herrn Haydn und seinem Sekretär Grotschy mit Nachhaltigkeit anschaulich zu machen.

„Aber nein, nicht im Geringsten. Ich kann Ihnen bis jetzt einigermaßen folgen. Mein Kenntnisstand in punkto Musikevolution ist ganz allgemein zu gering, um mir diesbezügliche Fragen erlauben zu dürfen."

„Hab die Ehre. Dann also… oder warten Sie. Gnädige Frau, wir haben den Wein vergessen. Ich werde nach dem Service sehen und danach meine Vorlesung fortsetzen."

„Meinetwegen brauchen Sie sich nicht zu bemühen. Sie sollten den ungesponnenen Faden nicht verlieren."

„Das ist eine Erwägung, der ich Ihnen zuliebe Rechnung tragen könnte.

Ist es Ihnen angenehm, wenn ich weiter vom ‚Herrn Haydn' und von ‚Grotschy' spreche oder soll ich die Namen dahin gehend variieren, dass die Bedeutung des Musikimpulses, der darin verborgen ist, offenbarer wird?"

„Wir können es bei Bedarf mit weiteren Spielarten versuchen. Falls Ihrerseits neue Mitspieler dazukommen, bitte ich jedoch um frühzeitige Ansage", bringt sich Frau Wykunda bei der Entscheidungsfindung über die Variationen der Namen Haydn und Grotschy kreativ ein.

„Bitteschön, das lässt sich einrichten."

Worauf Herr Grotschy ein weiteres selbst gefertigtes Büchlein zur Hand nimmt, in das er Varianten von Varia einträgt, sobald sie ihm über den Weg laufen. Laufen sie nicht, hilft er gelegentlich nach.

„Wie würden Sie den Haydn als Musiklaiin bezeichnen wollen, nach alledem, was Sie bisher von ihm und mir gehört haben?"

Frau Wykunda reagiert unwillig, was Herrn Grotschy ratlos macht.

„Gnädige Frau, wir befinden uns in einem rollenden Hörsaal. Wenn Sie so wollen."

„Ich will."

„Dann darf ich also wieder in die Berichterstattung einsteigen, ohne von Ihnen unterbrochen zu werden."

„Ich würde den Herrn Haydn ‚Altmeister' nennen. Nicht, dass der Verdacht aufkommt, ich würde schlafen und nicht mitdenken!"

„Na – ‚Altmeister' – und der Grotschy?"

„Darüber müssen ganz alleine Sie sich Gedanken machen", wimmelt Frau Wykunda Herrn Grotschy ab, worauf der - nach einigen Minuten konzentrierten Schweigens - in gewohnt angenehmem Plauderton zur Lektion über Haydns Schalten und Walten zurückkehrt.

„Der Altmeister unter den abendländischen Komponisten mit vielschichtigem Lehrauftrag kennt die Bedingungen aus dem deutsch-slawischsprachigen Raum zur Genüge. Er überlässt es jedoch seinem Sekretär Grotschy, alles Weitere auf bilateraler Ebene in die Wege zu leiten, während er selber die nötigen Reisepapiere auf Fehlerhaftigkeit überprüft.

„Eine Art ‚professor in residence'?"

„So könnte man das nennen. Ich würde sagen, eine Professur ohne verbindlichen Auftrag und fast ohne Aussicht auf festen Wohnsitz, selbst bei nachweislicher Bewährung."

„Das Konstrukt ist mir neu, was nichts bedeuten soll."

„Sie können sich drauf verlassen, der Herr Haydn kennt sich aus. Das hat er mehr als einmal bewiesen.

Er geht systematisch nach modernsten Erkenntnissen vor, an denen der Grotschy auf seine Weise partizipiert und folgerichtig den klassischen Tintenlöscher im edlen Porzellangehäuse weiter entwickelt.

Dafür werden heimische Blütenblätter nach orchestraler Passigkeit zusammen getragen. Sie werden konsistenz- wie farbschonend zwischen Papieren getrocknet, unter allergrößten Vorsichtsmaßnahmen zusammengesetzt und in Gold verzierte Folianten gebunden.

Was soll ich Ihnen sagen - der Herr Haydn ist schier begeistert."

Frau Wykunda begehrt Näheres über den neuen Tintenlöscher im unverändert edlen Porzellangehäuse zu erfahren, ist jedoch bei Herrn Grotschy an der falschen Adresse.

„Ich habe mich in erster Linie um die Rahmengeschichte gekümmert", rechtfertigt er seine Wissenslücke. *„Es wäre aber im Bereich meiner bescheidenen Möglichkeiten, über bestimmte Beziehungen Näheres zu eruieren und Ihnen das Resultat meiner Erkundigungen auf dem Postwege zukommen zu lassen, wenn Sie damit einverstanden sind."*

Herr Grotschy macht sich schreibbereit.

„Frau Wykunda – würden Sie mir bitte den Namen buchstabieren und Ihre deutsche Anschrift nennen?"

Frau Wykunda lächelt sphingisch.

„In der Nähe von Grotschy."

„Deutschland?"

Herr Grotschy schließt seine elektronische Kontaktkartei ohne Eintrag.

Nach London der Seeluft wegen

Frau Wykunda sieht keinen Grund, ihr Schweigen zu unterbrechen, um das stimmungsvolle Haydn Konzert zu stören, weswegen Herr Grotschy um das Schweigen der Frau Wykunda geschwind herum laviert und einen wirklichen Überraschungseffekt landet:

„Der Grotschy soll nicht schlechter gestellt sein als die sorgsam konservierten Blütenblätter, beschließt der Herr Haydn. Er darf sich inmitten der neu geschaffenen Musik Abteilung einer vertretungsweisen Alleinstellung erfreuen, während der Herr Haydn in London weilt, wo ihn der Direktor des Londoner Solariums empfängt, unter dessen Kuppel sich die schönsten Exemplare der globalen Rosenzucht zum bedeutendsten angelsächsischen Rosarium vereinen. Etliche Würdenträger der gesellschaftlichen und Bildungselite des Vereinigten Königreichs sind ebenfalls erschienen, um ihre Referenz zu erweisen."

Herr Grotschy hält inne, um Frau Wykunda Gelegenheit zu geben, die Akzeptanz des Vortrages hinreichend zum Ausdruck zu bringen.

„Können Sie die Würden und ihre Träger genauer schildern?", erbittet sie denn auch eine Zugabe, die Herr Grotschy ohne Fehl und Tadel in zweifach abliefert: einmal etwas gedämpft vom CD-Player und live in lautem Vortragston.

Ein stehendes Regiment von imposant kostümierten Pauken und Trompeten ist angetreten, um dem alpen- und burgenländischen Gast einen ersten Eindruck von angelsächsischer Gastfreundschaft zu vermitteln.

So war das damals."

Herr Grotschy steht auf und zieht sich sein Jackett an.

„Hält der Zug gleich?"

„Na – wie kommen Sie da drauf? Der Herr Haydn ist doch noch lange nicht aus London wieder weg.

Er ist mit gebotener Zurückhaltung verwundert. Aus seiner Kaffeehaus- und Burgenerfahrung kennt er bisher weniger imposante, denn putzig kostümierte Laubfroschkapellen, die sich so großer Beliebtheit erfreuen, dass sie über Jahrzehnte im Voraus gebucht und sogar in die weite Welt hinein verkauft werden.

Der trotz aller Vorsorge durch rechtzeitig angelegte Biotope mit Laubfrosch erhaltenden Einrichtungen immer wieder eintretende Notstand wird mühsam durch gewöhnliche Salamander behoben. Die Hilfsmaßnahme ist jedoch bestenfalls vergleichbar mit Sängerknaben des Mozarteums, die in den Genuss eines Hochbegabten Stipendiums gekommen sind und sich zusammen mit Zensurenrittern am Ende der für Musik relevanten Zeugnisskala auf unbegleitete Klassenfahrt begeben.

Frau Wykunda ist mit dem Oberkörper von der Senkrechte in die Vorwärtsschräge gegangen.

„Kann das mit der Klassenfahrt bitte noch einmal wiederholt werden?"

„Um was handelt es sich denn genau?"

„Um den Einsatz von Laubfröschen und gewöhnlichen Salamandern."

„Da muss ein profundes Missverständnis seinen unglückseligen Anfang genommen haben. Ich habe die ganze Zeit vom Herrn Haydn gesprochen. Bei den konzertierenden Salamandern ist noch eine leichte Korrektur möglich, nachdem ich mich in die Materie vertieft haben werde. Wenn ich mich recht erinnere, könnte es tatsächlich sein, dass sie eine Zusatzausbildung hatten."

„Wie ist der Herr Haydn denn auf die Laubfrösche gekommen, wo es doch viel edlere Vertreter der Spezies Frosch gibt?"

„Sie müssen nicht jedes Wort dreimal umdrehen! Manches ergibt sich einfach so. Ich habe mir lediglich wegen des Erfordernisses von kontinentalem Englisch im Umgang mit seinesgleichen in London erlaubt, dem Herrn Haydn den Vergleich mit den Fröschen aus rein labialen Gründen in den Mund zu legen."

„Warum haben Sie ihm dann auch noch Salamander angedichtet?"

„Gnädige Frau, so haben Sie doch Geduld! Den Salamander habe ich ja bereits zum Teil zurück genommen. Aber glauben Sie mir, was den

Laubfrosch betrifft, der ist ohne Geselligkeit nur die Hälfte wert. Sie werden es erleben, wenn Sie eine Reise nach Wien unternehmen. Falls es dann überhaupt noch für Sie etwas Wissenswertes im Hinblick auf Kittungen gibt, werden Sie alles Weitere dazu in einem Wiener Kaffeehaus erfahren."

„Genau das habe ich mir gedacht. Sie reden sich heraus."

„Sie kennen mich zu wenig. Ich habe mir nie das Herausreden zu Schulden kommen lassen. Sie müssen einfach mehr über die Traditionen im Zusammenhang mit dem Wiener Kaffeehaus wissen, um in den vollen Genuss meines Vortrages kommen zu können.

Regelmäßige Kaffeehausbesuche sind nämlich oft männlich und genauso unerlässlich. Eine Hemmschwelle könnte Berufsfremdheit sein, der durch eine Reihe von Hilfsmaßnahmen beizukommen ist."

„Dann erzählen Sie man weiter. Ich kann ja solange weghören. Sagen Sie Bescheid, wenn Damen wieder zugelassen sind."

Frau Wykunda ist wenig angetan von männlichen Kaffeehausbesuchen im Zusammenhang mit Hemmschwellen.

Das beruht keineswegs nur auf Herrn Grotschys nachlassender, sonst so exzellent beherrschten Selbstlosigkeit, sich Frau Wykunda und der internationalen Verständigung zuliebe im hochdeutschen Sprachduktus - mit lediglich pastoser Wienerischer Sprachfärbung - zu bewegen. Die Geschichte nimmt zwar an Lokalkolorit zu, bietet aber doch zu Wünschen Anlass, die mehr in Richtung Verständlichkeit gehen.

„Sie mögen also keinen Wein?"

„Gehört das zum besseren Verständnis eines Wiener Kaffeehauses?"

„Zu jeder Geschichte gehört ein Glaserl Wein."

„Aha", murmelt Frau Wykunda vage.

„Bitte schön, wenn's Sie stört, kann ich's auch lassen. Ich richte mich ganz nach Ihnen."

„Wenn es Ihre Musikbegleitung nicht behindert!"

„Wo denken Sie hin! Dieses ist eine hervorragend digitalisierte Neuauflage der Original Platin Aufnahme zum Goldenen Haydn Jubiläum, die ich heute nicht im Gepäck habe, aber Ihnen gerne bei anderer Gelegenheit vorspiele."

Herr Grotschy läutet nach dem Service und lässt sich auf der CD weiter zum Thema Josef Haydn in London aus:

„Eingedenk menschenmöglicher Unzulänglichkeit, bedankt sich der Herr Haydn für den Empfang auf originelle Weise, wie es von ihm in kleinen musikalischen Scherzen zur Belustigung von gut gelaunten Hoheiten und deren geladenem Auditorium bekannt ist.

Er entwickelt für die Blechbläser eine formschöne und taugliche Klemmvorrichtung für Noten, die an geeigneter Stelle auf die Instrumente gesattelt werden kann, so dass sie die Vibrationen der Instrumente nicht beeinträchtigt, sondern durch einige Saiten-Obertöne bereichert.

Die Dankbarkeit ist groß. Stücke, die sonst nie zum Einsatz kamen, weil sie keiner memorieren konnte, erfahren einen Boom. Die Musikwelt bebt vor Neuigkeiten. Eine interaktive Performance zwischen Spielern und Komponisten einerseits sowie Dirigent und Zuhörern andererseits wird in Aussicht gestellt, an der der Herr Haydn als Ehrengast mit eingeplant ist."

Frau Wykunda kann nicht verhehlen, dass ihr so viel Aufmerksamkeit für eine einzige Komposition von einem einzigen Komponisten etwas suspekt ist, was ihr der Herr Grotschy nicht durchgehen lässt.

„Der Herr Haydn berichtet seinem Sekretär in aller Ausführlichkeit von den ersten Tagen in London. Das ist verbürgt", kommt Herr Grotschy Frau Wykunda zuvor, die schon den Kopf aus den Polstern gehoben hat, um sich Gehör zu verschaffen.

„So warten Sie! Ich habe da einen richtigen Leckerbissen, einen Originalbrief vom Herrn Haydn. Von Historikern geprüft und mit Instituts-Siegel versehen. Den trag ich immer bei mir, damit er nicht abhanden kommt:

‚Lieber Grotschy!', heißt es da.

‚Die ersten Nächte waren sehr unruhig. Ich habe mich zwischen den Blumen der Sesselbezüge, der Gardinen, der Tapeten und meiner Bettdecke nicht recht einleben können.

Heute nun habe ich einen geblümten Morgenmantel bei einem mir empfohlenen Schneidermeister in Auftrag gegeben, der zur Beratung hierherkam und mich überzeugen konnte, dass in London geblümte Westen der dernier cri sind.'

--

Dann scheint die Anprobe dazwischen gekommen zu sein. Der Herr Haydn setzt den Brief erst später wieder fort", begründet Herr Grotschy die Pause, die er sich gönnt, um kurz aufzustehen und sich zu voller Länge zu entfalten, die nicht unbeträchtlich ist. *„So etwas kann ja dauern, wenn man alles von oben bis unten auf Taille abgesteckt bekommt und dann auch noch wieder aus dem Gesteckten heil heraus muss."* Er reckt und streckt sich ordentlich, bevor er sich auf ulkig zackige Weise zusammen klappt und der CD ganz nahe kommt, um in sie hinein zu hören.

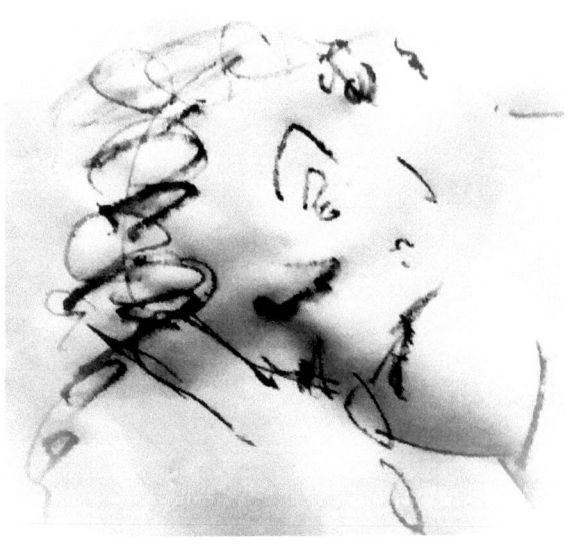

„„Ich habe sogleich drei Westen bestellt, da der Aufenthalt hier länger zu werden scheint, als ursprünglich geplant. Die Rechnung geht an mein Büro im Burgenland. Es muss sicher gestellt werden, dass sie umgehend beglichen wird, sobald Sie von dem Eingang Kenntnis bekommen."""

--

„Der Grotschy ist gemeint, aber das ist wohl selbst redend – oder?"

Herr Grotschy wirft Frau Wykunda einen strengen Blick zu und setzt sich über mögliche Fragen hinweg:

„Der Herr Haydn lässt von sich ein Ölgemälde in der neuen Londoner Gewandung anfertigen, was im Wiener Staatsarchiv aufbewahrt wird. Dazu hat er eine Beglaubigung geschrieben, die ein klein wenig von seiner Persönlichkeitsstruktur offenbart:

‚Den ‚Londoner Haydn' habe ich schnell und kostengünstig anfertigen lassen. Ich bestätige gerne die Ähnlichkeit mit mir.

Josef Haydn

London im Sommer 17..'"

Frau Wykunda ist fasziniert. Herr Grotschy ebenfalls, weswegen er die Lautstärke des CD-Players um einige Phon steigert:

"‚War es Sorge um mein Wohlbefinden, gar um meine Reisepläne insgesamt, dass Sie mir verschwiegen haben, was mich morgens hier erwartet?'" schreibt der Herr Haydn an den unentbehrlichen Sekretär Grotschy.

‚Haben Sie um die liebenswerte Gepflogenheit gewusst, den Morgen zwischen aufgeschüttelten Kissen mit Tee im Bett zu beginnen und dennoch Ihre Pflicht vernachlässigt, eine Vorabinformation über meine Gepflogenheiten zu geben?

Ich will Ihnen zu Gute halten, dass Sie nicht vorhersehen konnten, wer mir den Tee serviert. Ich kann aber nicht umhin, Sie darüber aufzuklären, dass es mir äußerstes Missbehagen bereitet hat, mit einem ‚Earl Grey' konfrontiert zu werden und dazu mit heißer Milch aus dem Gießer, wo ich selbst zum Kaffee normalerweise Sahne nehme! Das war beinahe atemberaubend und hat mich um Stunden des ‚Levers' zurück geworfen. Die Ursache war verblüffend:

Nachdem ich mir den ersten Schluck auf der Zunge hatte zergehen lassen, konnte ich mehrere klare Gedanken auf einmal fassen und wusste nicht wohin damit.

Ich meine, dass es ein Zeichen von besonderer Fürsorge der Angelsachsen ist, eine Kombination aus Kaffee und Tee herzustellen, habe sie aber wegen des aufregenden Erlebnisses am Vormittag nicht weiter hinnehmen wollen und bin in der Londoner City nach einer Instant Kaffee Krema auf die Suche gegangen, die ich mir notfalls sogar mit kaltem Wasser zubereiten kann.

Ich bin in einem als ‚Chemistry' deklarierten Fachgeschäft fündig geworden, wo man die Bohnen in Handmühlen pulverisiert und habe mich in meiner Unterkunft sogleich stärken wollen, was zu einer mittleren Katastrophe führte. Der Kaffeegeruch wurde als Brandherd missverstanden und löste Alarm aus. Immerhin war es gut zu beobachten, wie effizient dabei umgegangen wird. Das Kaffeepulver wurde konfisziert.

Ich habe mich jetzt für einen Tee entschieden, der bei mir keinerlei Assoziationen und Sehnsüchte nach Kaffeehäusern, Burgen oder dem Steffl auslöst. Händel – oder auch anglisiert ‚Handel' –

komme ich dennoch nicht in die Quere, worauf ich größten Wert lege, zumal er hier als Einheimischer durchgeht und ich als Deutscher, was einer Korrektur bedarf, der Sie sich bitte in aller Umsicht annehmen mögen!

Meinen Entwurf für Zimbeln und Blechbläser Pince-nez lege ich bei. Es war ein kleines Dankeschön an das Empfangskomitee und seine Helfer. Die praktische Inbetriebnahme der Notenkneifer soll anlässlich eines festlichen Konzerts erfolgen. Es steht zu vermuten, dass der offizielle Termin für die ersten Proben in ein paar Wochen bekannt gegeben wird, wenn es auch - entgegen täglicher Versicherungen - danach aussieht, dass daraus ein paar Monate werden könnten.

Ich muss schließen, der Kurier wartet. In Zukunft werde ich Depeschen schicken. Heute war mir nicht danach. Ich brauchte ein Plauderstündchen mit Ihnen, weswegen ich diesen Brief ohne Datumsangabe schicke!

Leben Sie wohl!

Haydn"'

Herr Grotschy stöhnt wohlig, Frau Wykunda nickt.

„Ganz wie bei mir in der Klinik! Man muss immer dranbleiben. Es gibt so viel zu reparieren!"

„Nur noch einmal zu Ihrer geschätzten Information: Die Pince-nez waren neu!"

„Was Sie nicht sagen!"

„Hatte ich es mir doch gedacht, dass Sie verführt wären zu meinen, der Herr Haydn hätte sie irgendwo in London aufgetrieben."

„Was Sie nicht sagen!"

„Der Herr Haydn schreibt sogar noch einen zweiten Brief, der Ihnen gefallen wird, weil er mit den Würden zu tun hat.

„Was Sie nicht sagen!"

„„Lieber Grotschy!

Bitte zusätzliche Blütenpresse für langfristiges Projekt anlegen und sich sofort auf das Land begeben. Tragen Sie unter aller Vorsichtswaltung ausgesuchte Blüten und Blätter aus der freien

Natur zusammen, die unter keiner Bärenfellmütze Schweißrinnsale verursachen und keinem Tornister zu schwer sind. Alle Angaben sind in Unzen zu machen. Sogenannte „KGs" gelten als kontinental und sind schwer vermittelbar.

Haydn."'

Frau Wykunda fächelt sich Luft zu, was Herr Grotschy dahingehend versteht, dass sie ihm in seiner Vermutung Recht gibt, der Herr Haydn wäre im Umgang mit Porti etwas verschwenderisch.

Das Abteil riecht jetzt stärker als zuvor nach Frau Wykundas Parfüm.

„Wenn ich Sie so anschaue, gnädige Frau, dann meine ich, dass wir eine ähnliche Einstellung zu Geldsachen haben."

Frau Wykunda ignoriert den Einwurf und fächelt ruhig weiter.

„Der Herr Haydn gibt für diese und weitere Depeschen an den Grotschy ein kleines Vermögen aus, als er den Versuch unternimmt, geräumige Botaniktrommeln anschaulich zu beschreiben. Sie sind wie eine kostspielige Fachausrüstung für

Herren und Damen konzipiert, die bei so gut wie jedem Anlass und zu beinahe jeder Kleidung getragen werden können.

Und wenn Ihnen das immer noch nicht reicht – der Herr Haydn treibt es noch toller."

Herr Grotschy schaut Frau Wykunda geradezu herausfordernd auf den V-Ausschnitt der Oberbekleidung.

„Der Grotschy soll in einem erstklassigen Handwerksbetrieb zwei Prototypen in Auftrag geben. Einen für den eigenen Gebrauch und einen zu Demonstrationszwecken.

Die Intention vom Herrn Haydn ist es, sie bei konzertanten und vokalisierten Intervallen zu nutzen, was den Fortgang seiner Reise inspirierend begleiten könnte.

Der perforierte Hohlraum ist dafür perfekt geeignet und wird sogar heute noch bei Massenveranstaltungen als Großrundflöte eingesetzt.

Unter uns, gnädige Frau, ich für meine Person hätte das nimmer getan! Ich hätte mir so ein Behältnis nie zugelegt. Mir reicht meine alte, kleine Aktentasche vollends!"

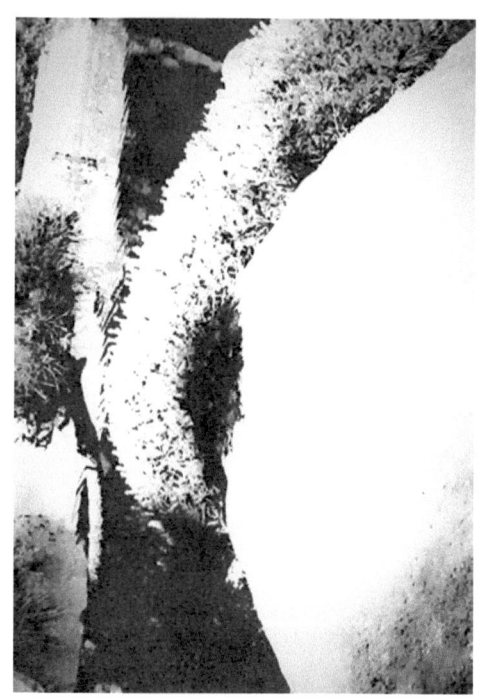

Stockrosen und Energiespender

Herr Grotschy, den Frau Wykunda schon gar nicht mehr zu beruhigen wagt, ist beinahe außer sich über das Verhalten vom Herrn Haydn. Nur ein Glas Wein kann die Situation retten. Es ist schon lange beim Dienst habenden Bahnpersonal in Auftrag gegeben worden, hat aber von Anfang an weder eine aussichtsreiche Zusage noch eine definitiv abschlägige Antwort erfahren.

Somit sitzt Herr Grotschy auf dem Trockenen und Frau Wykunda zwangsläufig mit ihm, was sie zu einem zaghaften Versuch veranlasst, den Redefluss von Herrn Grotschy auf logopädische Weise wieder zu beleben.

„Sie verbrauchen sich weniger, wenn Sie speichellos sprechen", ermuntert sie Herrn Grotschy sanft. Stellen Sie sich vor, Sie hätten eine Kurpflaume im Mund."

Herr Grotschy mag sich das ganz und gar nicht vorstellen. Er öffnet die Jahresübersicht seines Terminkalenders.

„*Na, wenn ich schon ‚Kur' höre- kommt pompös daher und nix dahinter. Wissen Sie, wie viele Termine ich dieses Jahr hatte? Manchmal drei Vorträge in einer Woche. Und Sie kommen mir mit Kurpflaumen im Mund!*"

„Vor und nach dem Vortrag den Mund gut damit einspeicheln reicht."

„*Der Herr Haydn ist manchmal nicht ganz g'scheit gewesen.*"

Frau Wykunda weiß so schnell nichts mit dem unvermittelt angezweifelten Geisteszustand des sonst doch so cleveren Komponisten Josef Haydn anzufangen. Sie fasst deshalb sofort nach, was Herrn Grotschy regelrecht in Rage bringt. Er ist böse in Laune, an dem alten Herrn Haydn kein gutes Haar mehr zu lassen und würde es sogar tun, wenn der nicht so ein hoch anständiger Kerl gewesen wäre und er, der Herr Grotschy im Coupé, es allemal ist.

Frau Wykunda kann durchatmen. Herr Grotschy mutiert wieder zum moderaten Muntermacher für müde Reisende.

Frau Wykunda nimmt sich vor, keinerlei Vorstöße mehr in Richtung Sanierung von Herrn Grotschys Verpflegung zu unternehmen, was Herr Grotschy schweigend begrüßt und in einer kleinen Ausführung darüber zu Haydns Gepflogenheiten Stellung nimmt:

„Der Herr Haydn selber hatte zu Trockenobst eine sehr private Beziehung", verrät Herr Grotschy Frau Wykunda. *„Nicht einmal sein Sekretär durfte das erwähnen. Symptomatisch ist, dass er es aus dem Grund als Schmuck oder Nahrungsmittelergänzung harsch abgelehnt hat. Anderen Formen eines natürlich veränderten Aggregatzustandes war er – wenn auch nicht ganz kritiklos – zugeneigt. Er hat – mit Einschränkungen - sogar gläserne Früchte wie Blüten und ihre Blätter als Kerzenhalter in Kronleuchtern befürwortet.*

Eingelegtes fand er geschmacklos, solange nichts dazu gereicht wurde, was in Form, Farbe und Bekömmlichkeit damit abgestimmt war."

Bedeutungsschwere Pause.

"Auf dem Christkindlmarkt Gewürzgurken aus Schokolade als Baumschmuck anzubieten — das ist doch a Schand'! Sagen's selber." Herr Grotschy schüttelt sich und verzieht das Gesicht, als hätte er sich zur Aufhellung seines Vitamin C-Haushalts mehr als eine Messerspitze Ascorbinsäure gegönnt.

Frau Wyunda enthält sich der Stimme. Sie hat mit Gurken als Baumschmuck bereits Erfahrung gemacht und hält es nicht für opportun, die Herrn Grotschy auf seine neugierige Wiener Nase zu binden, was eh nicht in Herrn Grotschys Konzept passen würde, der ein Schriftstück zückt und sogleich anfängt, daraus vorzulesen:

"‚Lieber Grotschy!

‚Erbitte auf dem schnellsten Wege je 4 Kaffeelöffel, 4 Dessertlöffel, 4 Suppenlöffel und 4 Gemüselöffel mit bekannten Stempeln von meinem Silberschmied bei der Burg.'"

Haydn'"

„Schauen Sie selber!" Herr Grotschy trägt auch von dieser Depesche eine Kopie bei sich.

„Wenn Sie es immer noch nicht glauben wollen – hier noch eine."

Frau Wykunda ist weder besonders begriffsstutzig noch besonders gutgläubig. Sie versteht, dass der Herr Haydn wohl ein betuchter Herr Kompositeur gewesen sein musste und sein Sekretär sich in allem auskannte, was ein Mann von Format, wie der Herr Haydn es war, zum Leben brauchte, wenn es hieß, mit Anstand und Zurückhaltung geschmackvoll zu repräsentieren. Das ließ er sich offensichtlich ohne viel Aufhebens gewaltig viel kosten. Sein Sekretär musste wie ein Schießhund aufpassen, dass dabei alles seine Richtigkeit behielt.

Herr Grotschy, mit dem Frau Wykunda seit ein paar Stunden in mal mehr, mal weniger trauter Zweisamkeit das Sechs-Personen-Abteil teilt, legt es geradezu darauf an, sie, die Dame mit eigener Porzellan Klinik, zum Ziel erklärt wichtiger

Mitteilungen über die illustre Persönlichkeit des Herrn Haydn zu machen.

Sie kann sich des Eindrucks nicht erwehren, dass es dem Herrn Grotschy darum getan ist, sich selber in ein möglichst günstiges Licht zu setzen. Bei allem Interesse für seinen Beruf und die Aura seiner Wiener Originalität ist ihr die dargebotene Art von Nabelschau äußerst unangenehm. Sie weiß nicht so recht, wohin seine indirekten Kontaktavancen noch führen und ist auf Abwehr gepolt.

„Gnädige Frau – nur, weil's mich dauert, dass Sie so gar nix Profundes vom Herrn Haydn und dem Sekretär Grotschy wissen – hier noch eine einzige Depesche.

Frau Wykunda schürzt die Lippen wie zu einer schnippischen Antwort, zuckt innerlich aber zusammen.

Herr Grotschy zuckt nicht. Er zückt vielmehr die Haydn'sche Depesche und rückt sich in Positur, um sie Frau Wykunda zur Kenntnis zu bringen.

„„Lieber Grotschy!

Ich weiß nicht, ob ich mich in der Anweisung von eben präzise genug ausgedrückt habe.

Die Löffel müssen wie Gabeln aussehen, aber die Bequemlichkeit der Aufnahme von beweglichen Speisen wie Löffel haben. Zolltechnisch können sie als „Galö" deklariert werden. Ich habe mich erkundigt und zuverlässige Auskunft erhalten.

Haydn'"

„Eine aufregende Rarität! Wo haben Sie die denn her?"

„Bitt'schön, ich will nicht unbescheiden sein, die Leut' in den Archiven waren's auch anwesend."

„Ein Haydn- oder ein Grotschy-Archiv?"

„Das kann man so nicht sagen."

„Darf ich raten?"

„Das ist gefährlich!"

Frau Wykunda ist nicht sonderlich erpicht auf gefährliche Situationen. Sie verhält sich gewissenhaft neutral neugierig:

„Wie geht es weiter?"

Genau auf diesen Animationsschub hat Herr Grotschy gelauert:

„Jetzt wird's nämlich erst eine richtige Geschichte – da in London bei all den fremden Leuten.

Was hat er alles schlucken müssen, der Herr Haydn! Das hält man heutzutage nimmer ohne Erzbeschwerden aus! Nicht mal die Engländer selbst, wo die doch sonst so zurückhaltend sind, dass es schon zu befürchten steht, sie hätten sich auf ihrer Insel eingegraben."

Herr Grotschy ist von Kopf bis Fuß Mitgefühl für den Karriere Komponisten seiner Wahl:

„Stellen Sie sich vor, da kommt der Herr Haydn von seinen Kaffeehäusern und allem Komfort, den man sich denken kann und muss nun sogar Bekanntschaft mit volkstümlicher englischer Hausmannskost machen. Was keiner glauben würde – er übersteht es mit Bravour. Daheim in Wien ist er nämlich auch kein Kostverächter und stiehlt sich schon mal von seinem Pult weg auf den Naschmarkt, wo es die besten Käse gibt.

In London erregen nicht so sehr Stelton und Chester, sondern Fish and Chips seine Neugierde. Der Herr Haydn kostet den Imbiss mit allergrößter Neugierde. Kein einziges Kaffeehaus in ganz Wien bietet ähnlich Lebendiges auf gedruckten Geschichtsbögen an wie die Tüten mit dem legendären Nationalgericht des Vereinigten Königreichs."

„Wirklich?"

Herr Grotschy schmeckt der rhetorische Einwand gar nicht.

„Nicht mal ein Glaserl Wein bekommt man", nörgelt er. *„ Wenn's nur an den Devisen liegen würde, hätt' ich ja ein Einsehen, aber nun kommen Sie auch noch mit Ihren Zweifeln!*

Ich werde Ihnen noch was zum Kaffeehaus sagen, damit Sie's endlich zufrieden sind.

--

Können Sie mich überhaupt verstehen?"

„Bis auf wenige Ausnahmen."

„Warum haben's das nicht gleich gesagt? All die Müh', die ich mir gegeben hab'!"

„So schlimm ist es nun auch wieder nicht. Wenn es ums Wiener Kaffeehaus geht und um den Herrn Haydn mit seinem Grotschy, bin ich jetzt schon hellhöriger. Das bringt meine Profession mit sich. Defekte kann man durch Klangprüfung des Materials am besten aufspüren"

„Bitt'schön."

Herr Grotschy schöpft nach Frau Wykundas Erklärung aus dem Vollen seines guten Willens.

Als Einstiegshilfe dient der Herkunftsname des Kaffees aus der weiten Welt der Fortbewegung, wo Protest durch Gemächlichkeit demonstriert wird und renitente Beschleuniger eine rote Karte kassieren.

Trotz mancherlei Deutungshilfe seitens der Berater vor Ort setzt das Entziffern der sprachlich anspruchsvollen Literatur von Kaffeekarten eine nicht unbeträchtliche Kombinationsgabe an Vorkenntnissen von botanischen, geographischen und sensorischen Möglichkeiten inner- wie außerhalb des Kaffeeanbaus und seiner Geschichte voraus.

Selbst bei gut bis sehr gut ausgebildetem Vorstellungsvermögen ist es auch nach einer intensiven Einzelunterrichtung immer noch nicht gesagt, wie die mit aller Poesie beschriebene Kaffeezubereitung auf einer untrainierten Zunge schmeckt, was zunächst keinen genieren sollte. Zensuren für die Matura werden nicht sofort erteilt.

Der Name des Kaffeehauses bürgt trotz eventueller Missbilligungsgesten der benachbarten Alteingesessenen, die wie leibhaftige Mängelrügen auf jeden Neuzugang im Kaffeehaus herabblicken, mit Nachdruck dafür, dass die Zubereitung in jedem Fall genießbar ist. Die Wahl aus dem Auf- wie Angebot daraus obliegt dem Gast."

„Also nichts für nonchalante Sonntagsspaziergänger?"

„Auf gar keinen Fall! Ein Kaffeehaus Besuch erfordert vollen Einsatz.

Behilflich ist dabei das Erlebnis von besinnlichen Musikdarbietungen an einem stark traktierten Piano Forte unter Mitwirkung von studierten Musikern und Komponisten wie auch berufenen

Studierenden der Examenssemester eines Konservatoriums, weswegen ein Kaffeehaus immer nur vorübergehend zugesperrt wird."

„Dann habe ich Ihnen ja bitter Unrecht getan, als ich Sie verdächtigte, die Vielseitigkeit eines Wiener Kaffeehauses in den Bereich der Niederungen eines Vergnügungsparks zu rücken."

„Also, bitt'schön, gnädige Frau, das habe ich beinahe gar nicht bemerkt!"

Er runzelt seine Brauen.

„Wenn Sie mich nur nicht immer unterbrechen würden, wo ich gerade dabei bin, essentielle Merkmale des professionell musikalischen Überbaus aufzudecken. Ich muss anmerken, dass die Einsätze wegen Gegeneinsätzen an anderen Orten unregelmäßig sind.

Verlässliche Ankündigungen und Begründungen für Ausfälle oder Verlegungen sind der Tagespresse zu entnehmen, deren druckfrische Fahnen zur geflissentlichen Benutzung nahe der Garderobe hängen. Das Lösen von Kreuzworträtseln ist verpönt! Man kann sie gedanklich lösen, das ja, aber Gekritzel – uunmööglich!"

Herr Grotschy unternimmt sichtbare Anstrengungen, sich von seinem „uunmööglich" zu trennen. Er schlägt die Beine übereinander, verschränkt die Arme vor der Brust und schüttelt den Kopf zweimal.

„Die Lektüre lohnt sich ohnehin, um zu wissen, was gerade ringsherum für Gesprächsstoff sorgt. Nehmen Sie sich Zeit und Muße, mindestens eine Zeitung von A-Z gründlich durchzuackern.

Der Grotschy hat das mit mehr als vier bis fünf Tagesblättern und drei bis vier Journalen getan. Von Magazinen und Katalogen mit hohem Bildanteil ganz zu schweigen.

Sie können mir allen Ernstes glauben, dass der den Herrn Haydn in allen Fasern kannte und der Herr Haydn seinen Grotschy --- und ich alles ohne bedeutende Abstriche so erzähle, wie's sich verhalten hat."

Frau Wykunda hält sich bedeckt.

„Ohne nicht zuvor in mich gegangen zu sein, kann ich das alles nicht einfach so mir nichts, dir nichts abnehmen."

Zum goldenen Ballpoint

Eine wertneutrale Einschätzung von Frau Wykunda kommt erst etwas später:

„Danke für die signifikante Anzahl an wertvollen Informationen."

„Ich habe es doch gewusst, dass Sie g'scheit sind. So, wie Sie ausschauen! Jedenfalls geht die Geschichte ganz menschlich weiter."

Frau Wykunda ist der angekündigte Teilrückbau der Grotschy'schen Haydn-Theorie am Beispiel von Trockenfrüchten ganz recht. Ein leuchtendes Beispiel für das verschlungene Verhaltensschema eines Kaffeehauses ist die Denkweise des Herrn Grotschy selber. Im Mittelpunkt: die Wiener Einfühlsamkeit, mit der Frau Wykunda Bekanntschaft machen darf:

„Gnädige Frau, wenn Sie die Geschichten lieber im Kaffeehausstil hätten – das lässt sich arrangieren. Ich erzähle erst noch über das ‚Gewusst wie' und dann geht's ohne Umstände wieder retour zum Herrn Haydn persönlich."

Frau Wykunda kann sich dazu nicht mal einsilbig äußern, als sich Herr Grotschy bereits erneut zu Sitten und Gebräuchen in Wiener Kaffeehäusern auslässt, damit Frau Wykunda den werten Herrn Haydn zumindest in den wichtigsten Nuancen verstehen lernt.

„Ein Prozess der Selbsterkenntnis wird in einem Wiener Kaffeehaus, in dem grob geschätzt die Hälfte der Betreuung aus Psychologie ohne vorheriges Lesen im Satz des gemahlenen und aufgebrühten Kaffees besteht, der hernach von solchem bereinigt serviert wird, durch die nicht zu aufdringliche Kontinuität von Bestellungen und die Reaktion darauf erzeugt."

Frau Wykunda nickt zustimmend. Herr Grotschy hat genau das richtige Sujet und den rechten Ton dafür gefunden.

„Unüberhörbare Menschenkenntnis und ebensolcher Sachverstand stellen keinen Bluff dar. Sie sind Appetitanreger für fertige und unfertige Literaten, eilige Vertreter artverwandter Metiers mit Schnellschreibkultur und Künstler im Verein mit Schauspielern des ortsansässigen, Zirkels einiger Stadt- und Staatstheater sowie deren ausländischer Pendants, dazu von allen viele, die alles noch werden wollen und vielleicht

sogar mit probater Hilfe aller die Karriereleiter erklimmen können."

Dieses ist der Moment, wo Frau Wykunda Herrn Grotschy dringend um Einhalt nachsuchen möchte. Sie unterlässt es schweren Herzens, weil er gerade so schön im Fluss ist und für sie die besten Geheimtipps herausrückt, um Wien von seiner myteriösesten Seite kennenlernen zu können.

„Das Kaffeehaus gilt einerseits als Hort von Traditionen, andererseits als Dreh- und Angelpunkt angesagter Bewegungen. Es wird dadurch - wie eine geschlossene Gesellschaft mit weitem Horizont - zur kulturellen Mitte unseres Sozialgefüges."

Herr Grotschy lässt sich diese soeben gewonnene Erkenntnis auf der Zunge zergehen und schmeckt ihr genüsslich nach, bevor er weiter ausholt:

„Erste Fördermaßnahme für dessen Erhalt ist ein Raum, der den Komfort eines privat geführten Clubs hat, in dem die Kultur von Sesseln wie

auch stützfreien Stehplätzen gepflegt wird. Fußbänke hingegen sind nicht vorgesehen und sollten auch nicht mitgebracht werden, selbst wenn beabsichtigt ist, sie anderen zur Verfügung zu stellen.

--

Gnädige Frau können Sie mir folgen?"

Frau Wykunda folgt Herrn Grotschy jetzt beinahe auf Schritt und Tritt, was Herrn Grotschy wiederum zu weiteren Ausführungen ermutigt:

„Den Herrn Haydn faszinieren in seiner Londoner Unterkunft die mille fleurs Polster eines Sessels, der seinem Zimmer das Gepräge eines intimen Salons geben sollen. In seiner geblümten Weichheit aus Federn und Schaumstoff nehmen die Ideen des Herrn Haydn an Schönheit und Gestalt zu. Er fühlt sich animiert, eine österreichische Zubereitung für populär-angelsächsische Fischrezepturen unter Verwendung von essbaren Bergblüten von Gänseblümchen bis Kapuzinerkresse zu entwickeln. Der Grotschy wird - mal wieder per Depesche – zur sofortigen Umsetzung dieser umfänglichen Fantasterei gehetzt.

‚*Lieber Grotschy!*

Ich nehme an, Sie haben das Silber bereits in Auftrag gegeben. Dringender ist jedoch die Bewerkstelligung des Prozederes einer Austrialisierung von Fish & Chips. Die Ähnlichkeit mit Nuggets ist unverkennbar. Ich denke an die Gründung einer Firma. „Dorsch & Dorsch" scheint mir ein Firmenname von hohem Wiedererkennungswert.

Bitte veranlassen Sie alles Notwendige, dass der Name ins Register eingetragen wird. Zweck: Herstellung und Vertrieb von allen Produkten, die in Relation zu kulturbedingten Funden stehen. Vorbild: Haydn & Haydn. Der Akt liegt vor. Genaueres später.

Wohlergehen!

Haydn'"

Frau Wykunda ist beinahe überwältigt, wie der feinsinnige Herr Haydn aus der Ferne die ökonomischen Fäden zu kulturellen Schnürböden zwirbelt.

„Sehen Sie, verehrte Frau Wykunda, der Herr Haydn war sehr bekannt. Da ging schon einiges im Vorweg, bevor er sich mit den Behörden selber für die Beglaubigung besonders ausgeklügelter Sentenzen ins Einvernehmen setzen musste."

Frau Wykunda versteht auf's Wort, wie der Herr Grotschy sie im Verhältnis zu dem Herrn Haydn einschätzt, obwohl sie bereits ganz klar zum Ausdruck gebracht hat, dass sie bei aller Aufmerksamkeit keinen Anspruch darauf erhebt, in irgendeiner Weise mit ihm verglichen zu werden. Insgeheim und nur für sich gelobt sie Herrn Grotschy, sich in Zukunft eines Kommentars zu enthalten. Es soll nicht der Eindruck erweckt werden, sie wolle den kleinen wie den großen Grenzverkehr der Geschichte um die Wertbeständigkeit des Herrn Haydn schmälern, obwohl sie es gar nicht so gemeint hat, sondern wahrscheinlich eher gegenteilig.

Herr Grotschy gibt sich gemäßigt gnädig und fährt ungerührt fort:

„Es ist für den Herrn Haydn ein konsequenter Schritt, die Modernisierung der klassischen Schellenbäume nach populärer Landesart voranzutreiben, indem er sie um einige Kompositionen erweitert, die er mit liturgischen Elementen römischer Herkunft versieht, so dass sie selbst bei durch und durch weltlicher Verwendung den Charakter einer stimmungsvollen Springprozession abgeben.

Seitdem werden seine Werke bis weit in den östlichen Orient hinein zur Unterstützung von Tischreden, wenn nicht eingesetzt, so doch vorrätig gehalten. Gelegentlich erfahren sie sogar in angepasster Weise eine behutsame Weiterentwicklung. Als ihm das zugetragen wird, bemüht er sich um Dokumentationsmaterial. Er bekommt von seinen Londoner Gastgebern wie selbstverständlich Unterstützung dafür. Erlesene Diwane und andere hoch angesiedelte Veranstaltungen sind ihnen vertraut. Ein Großteil der Bevölkerung ist sowieso in vielen Lebensbereichen als sichtbar gesellig zu bezeichnen.

Wenn man sich etwas anstellig zeigt, kann man sich selbst bei suboptimalen Voraussetzungen in den Themenkreis einsehen, was das Einhören erleichtert. Der Albert Einstein aus Ulm und der Sigmund Freud aus Wien - nur zum Beispiel - stehen für zahlreiche andere Weltbürger, die davon gut hatten und daraufhin unkonventionelles Lernen propagiert haben."

Frau Wykunda hat davon gehört und möchte sich ganz spontan mit einem konstruktiven Eigenbeitrag einbringen. Der Versuch misslingt. Herr Grotschy fällt ihr ungezogen ins Wort:

„Bis der Herr Haydn seine Kaffeehausmentalitätfähigkeiten des weitschweifigen Argumentierens zu seiner eigenen Zufriedenheit auf Englisch beherrscht, ist er zu seiner eigenen Ertüchtigung weiter auf Entdeckungstour.

Er notiert für sich das Mehrsäulensystem des britischen Humors als reelle Chance, die sinnvolle Verwendung von Skurrilitäten in liebevoll gehegten Überlieferungen als erweiterte Kunstform in Wien zu testen."

Herr Grotschy räuspert sich gereizt:

"Wo bleibt denn nun der Wein?"

Wie auf Bestellung geht die Tür auf. Ein Zugbegleiter trägt ein Glas und eine Piccoloflasche Weißwein unbekannter Herkunft herein, den Herr Grotschy sofort als unzumutbar zurückweist. Die Flasche ist bereits entstöpselt worden.

"Wegen der Hygiene". Die eigenwillige Logik des Kellners ist schwer nachvollziehbar und stößt auf vehemente Ablehnung.

Herrn Grotschys Hals schwillt an, sein Kopf wird doppelt so rot und rund wie zuvor. Er ärgert sich maßlos und macht den alles bestimmenden Reisemarschall, indem er kurzerhand die Essensorder für sich und Frau Wykunda storniert.

Frau Wykunda wiederum wünscht den Alleingang von Herrn Grotschy zu beanstanden. Sie hebt ihren Meldefinger, zieht sich jedoch verschreckt in ihren Liegesitz zurück, als Herr Grotschy eine Wienerisch klingende Suade an Maßregelungen über den Kellner ergießt, dass der unter deutlich vernehmbaren Pöbeleien in sprachlichem Freistil die Flucht ergreift.

„Sie haben wohl heute nicht gerade Ihren ‚Sozialen'?!", wagt Frau Wykunda sich nach ein paar Minuten vor.

„Gnädige Frau, das sehen Sie ganz entschieden falsch! Die Würstl und Semmel werden auf dieser Strecke mit jeder Fahrpreiserhöhung kleiner und teurer. Vielleicht haben Sie nicht die nötigen Vergleichsmöglichkeiten, um die Ungeheuerlichkeit zu erfassen, deren wir soeben teilhaftig geworden sind. Zusamm'geschiss'n hab' ich den Mistkerl, damit er's an die Verantwortlichen weiter gibt!"

Frau Wykunda mag das alles nicht abstreiten. Ersatz gibt es aber so oder so nicht.

Sie ruft die Bedienung erneut herbei und bestellt stattdessen eine große Flasche Selters. Herr Grotschy ist eingeladen, daran teilzuhaben, wenn der Oberkellner, der seinen verzankten Kollegen mit der

Wein-, Wurst- und Semmelbestellung abgelöst hat, damit einverstanden ist, gegen einen kleinen Aufschlag zwei Wassergläser zu bringen. Es gibt einige Einwände und deren Zerstreuung, so dass sich eine positive Entwicklung abzeichnet.

Frau Wykundas Initiative scheitert dennoch, da Herr Grotschy in einem Fernschnellzug Selters immer aus Pappbechern trinkt, die hier nicht vorrätig sind, was ein Umdenken erfordert und Frau Wykunda auf zwei Flaschen erhöht.

Herr Grotschy findet das überflüssig und wenig weitsichtig. Er mag sich jedoch so unmittelbar nach der Auseinandersetzung um die Unvollkommenheit des Weinfläschchens nicht direktemang einmischen und bewahrt sich eine Kommentierung für einen passenden Moment in den kommenden Stunden auf.

„Die erste Haupthaltestelle ist noch mehr als fünf Stunden entfernt, wenn wir keine gravierende Verspätung haben, die ich aber lieber nicht

von Anfang an mit einkalkulieren möchte, damit wir uns hinterher nicht eilen müssen. Gerade auf Reisen und in angenehmer Gesellschaft..."

Er wirft Frau Wykunda einen aufmunternden Blick zu.

„... gönne ich mir eine gewisse Generosität."

Er wirft einen prüfenden Blick aus dem Fenster und wendet sich unwillig ab.

„Nach meiner Meinung hätte der Herr Haydn überhaupt nicht nach London fahren dürfen. Das Wetter war derart garstig, dass er den ganzen Sommer gebraucht hätte, um die arge Wirkung einigermaßen wieder aufzuholen.

Stattdessen hat er — wie bereits von mir berichtet — witterungsbedingt gewartet, bis ihn eine Ahnung überkommen hat, dass er sich dem nicht länger aussetzen sollte.

Typisch der Herr Haydn! Er hat dann nicht sofort, aber doch unter Vermeidung zu stark retardierender Umwege, die Richtung gewechselt.

Aber ich fang noch mal von vorn an, damit Sie ein Gefühl dafür kriegen, wie der Herr Haydn hat leiden müssen."

Après London

Frau Wykunda fühlt bereits jetzt mit. Seit ihrem letzten Besuch in London sieht sie aus lauter Sympathie mit den Londonern regelmäßig die Nachrichten der deutschen Wetterfee aus dem Londoner Studio, die als Frau vom Fach wertvolle Vergleiche zu vergleichsweisen Stationen im gesamten Commonwealth einflicht, um die verschiedenen Müslirhythmen und vegetativen Nervensysteme bei Lunch und Dinner abgleichen zu können.

Seitdem weiß sie allerdings auch, dass es in England zum guten Ton gehört, eine abstrakte Konversation grundsätzlich mit Befindlichkeiten übergeordneter Kräfte zu beginnen, wobei es einiger Überwindung bedarf, dabei standhaft an eine praktische Besserung zu glauben.

„Der Herr Haydn wird doch wohl gut genug vorbereitet gewesen sein?!"

Herr Grotschy antwortet nicht, obwohl er Frau Wykundas Frage sehr wohl vernommen hat und darüber gewissenhaft nachgedenkt, was er Frau Wykunda mit einem versteckten Vorwurf beipult.

„Der Herr Haydn ist für alle Eventualitäten präpariert. Er hat für den schlimmsten aller Wettergaus ein kleines Referat im Gepäck, um nicht über schwierige meteorologische Einflüsse und ihre gesundheitlichen Folgen parlieren zu müssen. Wenn Sie die Güte hätten, es in voller Länge zur Kenntnis zu nehmen – bitte, hier ist der Wortlaut:

‚Ladies and Gentleman,

Ich habe die Ehre, Ihnen aus Wien die besten Genesungswünsche zu überbringen. Lassen Sie mich vor deren Anwendung ein paar Worte zur Indikation sagen, die Ihnen das permanente Tragen ihrer hervorragenden Gummistiefel ersparen helfen werden. Die Zweckmäßigkeit des bezeichneten Schuhwerks habe ich erst hierzulande richtig schätzen gelernt. Das erleichtert mir die Überleitung zu einem Thema von kaum zu überbietender Allgemeingültigkeit.

Bedenken Sie: Antiquariate sind immer auch geistige Öffner!

Es ist bekannt, dass aus eben diesem guten Grund seriöse Betreiber wie Nutzer sich über die Leidenschaft für Antiquarisches hinaus lebende Zierfische halten.'"

Herr Grotschy atmet ein und atmet aus, wobei er synchron leise mit den Ohren wackelt, als wären es Kiemen.

„,Sie erreichen bei allem Für und Wider eines Kaffeehauses oder Vereinslokals des Homeland Krocket Verbandes oft ein begnadetes Alter...'"

„Meinen Sie Traditionsbootsschuppen für Existenzgründer und Spätanleger?"

Frau Wykunda hat einige Erfahrung mit Bauchrednern. Sie hat ihnen zugehört und sich sogar mit ihnen unterhalten. Ein musikalischer Ohrenatmer ist jedoch auch für sie eine aufregende Premiere.

„,,...in dem sie bis zum Schluss unverdrossen weiter granteln dürfen, wenn sie die goldenen Regeln des Grantelns beherrschen. Wer sich ihnen audiovisuell anschließen mag, lernt in der Regel ein Herz kennen'", beschließt Herr Grotschy die Ausarbeitung des Herrn Haydn zu

wetterbedingten Einflüssen auf eine juvenile wie auch vom Alterungsprozess gezeichnete Physis. Er schnauft jetzt wie ein altes Dampfross, das eine hoch beladene Lore bergauf ziehen muss.

Der Musikforscher Grotschy nimmt es dem werten Herrn Haydn ein wenig übel, dass er ihm bei diesem ergiebigen Bild vorgreift und beeilt sich, die gesteigerte Opulenz der Farbgebung wieder zu seinen Gunsten zu kanalisieren.

„Die Zusammenhänge zwischen einer Empfehlung für Lungenatmung durch Nasenwege bei gleichzeitiger Stimmbandbewegung, ohne das

Zäpfchen überzustrapazieren, sind für Außenstehende in den wenigsten Fällen ersichtlich, weiß der Herr Haydn aus einigen ergiebigen Fußnoten im Schriftverkehr mit der medizinischen Musikverwaltung Wien und den Londonern Koryphäen zu berichten", erklärt Herr Grotschy der in dieser Hinsicht wenig versierten Frau Wykunda zwingend wichtig und reißt damit die Kompetenz über die Berichterstattung wieder vollends an sich.

--

„"Fleet Street leistet seit etlichen Jahren umfangreiche Aufklärungsarbeit, die noch nicht zu aller Zufriedenheit abgeschlossen ist.

--

Eine Vorliebe für Südfrüchte ist unübersehbar.

--

In London sind bereits seit Jahrhunderten ganze Kontinente auf den Beinen, was keineswegs unangenehm ist, sondern eher ein status quo als modus vivendi wie Manets berühmtes ‚Frühstück im Freien' als plein air Modell.

Es ist immer ein Park in der Nähe, in den man ausweichen kann, um dort ganz für sich ein Picknick einzunehmen."'

„Wie unterhaltsam!"

„Gnädige Frau, deshalb gebe ich's zum Besten!"

‚Für Familienausflüge gibt es Koffer aus Korbgeflechten, die wie tragbare Esszimmer gestaltet sind und weiche Sitzunterlagen in praktischen Rollen mit Tragegriffen."'

„Das könnte man hierzulande auch gut gebrauchen."

„Na - ich weiß nicht, heutzutage, wo's kaum noch bestallte Dienstleute gibt! Wissen's, ich habe mal so ein rares Exemplar in einem Kabuff auf dem Bahnsteig ausfindig gemacht. Sogar Kreide habe ich vorher gefressen, bevor ich gewagt habe, es anzusprechen.

Er wäre solo für Handgepäck zuständig, hat er mich abgewiesen und alt genug für einen sogenannten ‚Porter' - wie man in England sagt - wäre ich auch noch nicht. Dafür hab' ich ihm ein Trinkgeld spendiert."

Auch Frau Wykunda, die sich zur Selbstauflage gemacht hat, jeden Tag zu einem kleinen Prozentsatz ihren „Sozialen" zu haben, kann nicht leugnen, dass sie die betrieblich organisierten Handreichungen von damals auf Reisen vermisst.

„Zu den Picknicks tut man sich gerne passende Kleidung an, wenn die Teilnehmerzahl die eins bei weitem übersteigt, weswegen Kombinationen beliebt sind, die allen Gegebenheiten gerecht werden", weiß Herr Grotschy weiter zu erzählen.

„Für die wenigen angesagten Luxusveranstaltungen dieser Art wird sogar Personal angeheuert, das bei Gesellschaften das Notwenige - wie es in angelsächsischer Untertreibung heißt - in Tiefladern herbei- und auch wieder wegschafft, gelegentlich sogar an einem Sonntag, dessen Wichtigkeit einerseits sehr streng hochgehalten wird, dessen Werte andrerseits jedoch mit erstaunlicher Freizügigkeit gefüllt werden."

„Nationalfeiertage?"

„So warten's.

Jeder wirkliche Angelsachse zeigt dabei so viel Einsicht, dass es ohne groß angelegte Kampagnen als selbstverständlich gilt, Meere im allgemeinen und Tiefseen im Besonderen für Wichtigeres als für reines Vergnügen zu nutzen. Dieser Sinn für höchste Bürgerpflicht gilt als angelsächsischer Geburtsschein und genießt bei Hanseaten wie Friesen hohes Ansehen. In Wien verhält es sich beinahe so, aber anders..."

--

„...weswegen sich der Herr Haydn hat in London ganz hinten anstellen müssen, was er nicht gewohnt war und - wo er doch so ein Berühmter war - gar nicht gewusst hat, wie man das macht, um nicht durch den Einsatz unanständiger Ellenbogenfreiheit anderer unversehens ins Hintertreffen zu gelangen."

Frau Wykunda kann nicht mehr an sich halten:

„Ich kenne das Problem aus Grotschy. Wenn Sie meine persönliche Meinung hören wollen - der Herr Grotschy hätte dem Herrn Haydn eben nicht alles wie ein livrierter Lakai abnehmen sollen."

„Der Herr Haydn hat in seiner Hotelzimmersuite schon seinen Überseekoffer gepackt, um sich von Dover aus nach Calais übersetzen zu lassen. Von dort aus will er weiter nach Paris. Er überlegt, ob es nicht vielleicht klüger ist, dafür mit jemandem eine Reisegemeinschaft zu bilden, als ihm eine noble Einladung überbracht wird. Es ist ein Gesellschaftsereignis, das von den ehrenwerten Gastgebern zur Nachahmung inszeniert, kommuniziert und multipliziert wird. Die Gegeneinladung wird der Herr Haydn von Wien aus einleiten. Er denkt an ein privates Kammerkonzert im Theater-Museum."

„Aha", lässt sich Frau Wykunda vernehmen. „Da zeichnet sich ja schon einiges an einschneidenden Änderungen ab."

„Wie man's nimmt. Anders als bei Londoner Open Air Großveranstaltungen will der Herr Haydn die Leihgläser in den Wiener Repräsentationsräumen unter unübersehbar scharfe Beobachtung stellen, damit er kein Pfand verlangen muss."

„Das wäre wirklich peinlich."

„Gnädige Frau, Sie sprechen mir aus dem Herzen! Meiner Treu - der Herr Haydn hätte das nie geduldet!

Er sagt für die Teilnahme an dem Gartenfest zu, packt wieder aus und lässt einen Chauffeur rufen, der ihm bestätigt, dass es sich bei der Einladung um ein Gartenfest mit Ausdehnung über mehrere Morgen handelt.

Bald darauf lässt er sich zu dem angegebenen Anwesen kutschieren, was für ihn zu einem Erlebnis wie eine Winterreise mitten im Sommer in Daunen wird. Der in allen Facetten literarisch wie bildlich unzureichend dokumentierte Londoner Nebel verschönt die Unternehmung.

Der Herr Haydn überlegt, seine Eindrücke von Beginn an kompositorisch festzuhalten, kann jedoch weder seine Hand vor Augen sehen, noch sein Gepäck oder den Chauffeur, der sich mitsamt Wagen bereits entfernt zu haben scheint.

Der Herr Haydn zieht sage und schreibe in Erwägung, sich in voller Montur in die Suppe zu begeben und darin so lange zu schwimmen, bis die Sicht klarer wird."

„Wie konnte der Haydn nur!"

„*Nun warten's doch ab.*

Was ihn davon abhält, seine Idee in die Tat umzusetzen, ist eine Nachricht, die er unlängst in einer Seitennotiz von mehreren Kolumnen gelesen hat und deren Resonanz in ihm beinahe mehr bewirkt hat, als die Stimme von Big Ben.

Demnach soll es angeblich gar nicht so selten vorkommen, dass Menschen sich im Nebel verschwimmen und unversehens an den Gestaden Frankreichs landen.

Dem Herrn Haydn wäre das nicht unangenehm gewesen, wenn er hätte sicherstellen können, dass sein Gepäck vor ihm da ist, so dass er sich noch umkleiden kann, bevor er sich in der französischen Bohème blicken lässt, die internationalem Vernehmen nach einen besonderen Stil pflegt und in ihren sorgsam getrimmten Reihen nur Neuzugänge von Weltruf sehen möchte.

„Wohl wahr! Ich bin gerade erst von da zurück."

Herr Grotschy schenkt Frau Wykunda einen ungläubigen Blick.

"Bitt'schön, Sie sind eine Dame, da muss man andere Maßstäbe anlegen.

Der Herr Haydn hat für die Anreise derbe Kniebundhosen vorgesehen, die ihm nun im Nebel gerade nicht zur Hand sind, weil er sich in seiner Wiener Tracht zu dem Fest begibt."

Frau Wykunda trägt weder eine Kniebundhose, noch eine Wiener Tracht, sondern eine Bundfaltenhose, eine Hemdbluse mit V-Ausschnittpullover darüber und einen Blazer. Alles Ton in Ton, was Herrn Grotschy veranlasst, seine Prahlerei mit der herrschaftlichen Ausstaffierung des seligen Herrn Haydn ein wenig auf anschauliches Normalmaß zurückzuschrauben.

"Der Herr Haydn übt sich in Gelassenheit, als er einsehen muss, dass sein Chauffeur unsichtbar bleibt und besinnt sich auf die Selbstheilungskräfte eines Selfmademans. Er hält nach weiter führender Transparenz Ausschau und entdeckt sie nahe einem U-Bahn-Eingang, wo er mehr irgendwie als gezielt eine Fahrkarte erwirbt, in der Hoffnung, die richtige Zone gewählt zu haben."

„Wie unangenehm! Da steht man andauernd mitten im Nebel und hat noch nicht mal einen Fahrplan bei sich!"

„Warten's!"

An dem besagten Nebelnachmittag wartet nämlich der Chauffeur bereits im Flur der Unterkunft vom Herrn Haydn, als der eintrifft."

„Ich fürchtete bereits, Sie wären auf dem Weg nach Frankreich", *lässt der Chauffeur sich vernehmen und mustert den Herrn Haydn von oben bis unten, als hätte er einen nassen Pudel vor sich."*

„Habe ich laut gedacht?", *fährt der Herr Haydn den Chauffeur an.*

„Sir, Sie wissen vielleicht nicht, dass unsere Nebel besonders tragfähig sind. Wir haben immer einen Streifen davon bei uns."

Der Chauffeur zückt einen Kondensstreifen. Der Herr Haydn ist beinahe aus dem Häuschen.

„So etwas habe ich auch!"

„Der Herr Haydn und sein Chauffeur beglückwünschen sich gegenseitig. Sie stehen nunmehr in

einer geheimen Übereinkunft. Die Chance für eine Kondensstreifenreisegemeinschaft rückt in greifbare Nähe, wird nur noch nicht in Gänze wahrgenommen. In Wien lässt man sich gerne bitten, in England will man gebeten werden."

Riesenrad

„Was passiert denn nun wirklich?" Frau Wykunda möchte sich auf keinen Fall den Höhepunkt von Herrn Grotschys Reportage entgehen lassen. Sie macht sich deshalb rechtzeitig bemerkbar, bevor er in aller Unabsichtlichkeit vergisst, ihn ihr anzuvertrauen.

„Als ob das nicht schon genug gewesen wäre! Ich für meinen Teil, wenn ich der Herr Haydn gewesen wäre, wo ich doch nur der hiesige Grotschy bin, also ich wäre gar nicht auf mehr aus gewesen. Aber der Herr Haydn hat ja von nichts nie genug kriegen können. Muss er sich gleich jedem an den Hals hängen, der auch einen Kondensstreifen sein bescheidenes eigen nennt?"

„Es gibt solche Menschen. Die erleben immer mehr als andere."

„Immer mehr Watschn kriegen's - bei all dem Brimborium, das sie mit ihrem Charisma anziehen! Und der Grotschy mitten drin!"

„Das ist nicht gerecht."

„Das wollte ich wohl meinen!"

„Möchten Sie vielleicht doch einen Schluck Mineralwasser?"

„So leicht ist das nicht!"

„Sie haben Recht. Darf ich Ihnen die Flasche anbieten?"

„Das geht nimmer! Gnädige Frau, ich weiß nicht, wie ich Ihnen für Ihre Fürsorge danken soll, aber es fehlt der Pappbecher."

Frau Wykunda versteht. Herr Grotschy erzählt weiter:

„Das Gartenfest ist wie in gigantische Watteballen gepackt, was die Akustik erheblich behindert. Der Herr Haydn leitet daraus ab, dass in England kondensiertes Wasser noch unberechenbarere Verhaltensweisen zeigt als daheim. Anpassungsfähig wie die Angelsachsen deshalb gelernt haben zu sein, bewegen sie sich beinahe überall mit von Humor getragener Umsicht, was sie anderen als globalen Beitrag voraus haben."

Herr Grotschy imitiert ein Nebelhorn.

„Dementsprechend lernt der Herr Haydn seine Gesprächspartner beinahe anonym, aber dennoch mit zunehmender Intensität kennen", tutet er.

„Erstes Anzeichen der Besserung: Man verfehlt den direkten Tischnachbarn bei „à votre…" und „cherio" nicht mehr komplett und zeigt sich darüber beglückt, weil es den zarten Beginn einer Schönwetterperiode verspricht."

--

Frau Wykunda glaubt Herrn Grotschy auf's Wort und klemmt die Flasche zwischen Sitz und Seitenpolster des Nachbarsessels. Das Glas stülpt sie oben drüber, nachdem sie es zur Hälfte mit einem sauberen Papiertaschentuch ausgestopft hat.

„Dann klötert es nicht so."

„Das kommt mir sehr entgegen. Züge pfeifen ja glücklicherweise heutzutage nicht mehr.

Übrigens hat sich der Herr Haydn wegen seiner Überfahrt von Dover nach Calais früher als alle anderen entschuldigt und ist zurück nach London, wo er mit umsichtiger Schnelligkeit dem Grotschy eine Anweisung komponiert.

Er möge ihm umgehend die relevantesten Namen von Britanniens oberen Zehntausend als „poste restante" an das Londoner Hauptelegrafenamt depeschieren und sich dabei nach dem ‚Who is Who' richten.

Der Herr Haydn will einen bildhaften Kanon mit Schellenbäumen, Trommeln, Posaunen, Pauken, Xylophon, Zimbeln, Solo, Chor und Kondensaten in Noten setzen, den er gedanklich und mit Zeichnungen versehen in einem Heft festhält. Das äußerlich unscheinbare Opus ist als hoch gehandelte Skizzocordanz in die HOB-Forschung eingegangen ist.

Was meinen Sie wohl, wie der Herr Haydn sich verhält, während er ungeduldig auf die Antwort vom Grotschy wartet?"

„Keine Ahnung. Ihr Herr Haydn war ja wohl manchmal etwas unberechenbar."

„Überlegen Sie doch mal: Er schickt eine dringende Depesche. Was schließen Sie daraus?"

„Ich weiß nicht, was ich daraus schließen soll. Ich bin ja nicht von dort.

Ergo werden alle Rückschlüsse haarscharf danebenliegen. Das ist unbefriedigend. Ich wünschte, Sie würden sich die Antworten zu Ihren Fragen selber geben."

„Was würden Sie als Porzellan Doktorin denn in so einem Fall tun?", beharrt Herr Grotschy und riskiert, es sich für den Rest der Fahrt mit Frau Wykunda zu verscherzen.

„Ich würde auf die Antwort warten."

„Eben das tut der Herr Haydn nicht. Er lässt sich von seinem Chauffeur mit Pick und Pack nach Dover kutschieren."

Frau Wykunda findet das tadelnswert, was sie stumm zum Ausdruck bringt.

Herr Grotschy nimmt die CD nach den letzten Takten von Haydns Sinfonie Nr. 82 aus dem Player. Er lässt das soeben von ihm Vorgetragene nochmals Revue passieren und versucht, einen Blick von den Lupinen- und Ginsterhängen an den Bahndämmen zu erhaschen.

„Schon zu Ende?"

„Gnädige Frau, das waren's bereits die zweite von vier CDs in einem Schuber. Die Kurz-CD mit allen Applausmitschnitten aus den applausrelevanten Konzerthäusern der Welt kommt ganz zum Schluss meiner Präsentation.

Haben Sie gesehen - die Hänge der Bahndämme stehen in voller Blüte. Eine Pracht - wenn sie nur nicht so schnell vergehen würde. Mit einem Quentchen Glück, erlebe ich auf meiner Rückreise noch die Blüte der späten Heckenrosen."

„Ihr Vortrag über den Herrn Haydn erscheint mir gerade jetzt, wo sie von den Heckenrosen am Bahndamm sprechen, in einem ganz anderen Licht, wenn ich das so sagen darf.

Können Sie mich bitte darüber aufklären, ob Mozart neben Haydn seine letzte Ruhe gefunden hat?"

Für Herrn Grotschy - als bekennendem Wiener!- wäre die Information an sich eine Kleinigkeit von „Ja" oder „Nein".

Emotional ist Frau Wykundas Formulierung eine nicht unerhebliche Herausforderung für den passionierten Haydn-Forscher, der er mit größtmöglicher Gerechtigkeit begegnen will.

--

„Der Mozart? Na, der Wolfgang Amadeus Mozart, der liegt dort nicht. Der hat's mit dem Marx gehabt. Schauen Sie, Wien hat so viele Bezirke in seinen Mauern."

„Wie Kaffeehäuser?"

„Das ist schwer zu sagen. Ich würde aber meinen, der Zentralfriedhof ist mit Abstand das größte Monument."

Frau Wykunda ist bewegt.

„Mögen Sie jetzt Wasser?"

„Später - vor uns liegt ja noch eine ziemlich weite Strecke Wegs. Vor dem Herrn Haydn übrigens auch. Dover erreicht er trotz seines tüchtigen Kutschers und frischer Pferde unbedeutend verspätet. Die Fähre hat trotzdem bereits abgelegt."

Herr Grotschy simuliert die Situation in Dover unter Zuhilfenahme von Frau Wykundas Wasserflasche und dem leeren Glas.

„Der Herr Haydn disponiert konsequenterweise um. Er ist ein Meister darin. So manches Mal hat er mit dem Piano beginnen wollen und musste auf das Crescendo vorgreifen. Im nächtlichen Dover - in einer Spelunke nahe der Pier - lässt sich trotz fehlender Kondensstreifeninhaber-reisegemeinschaft alles in vier schön gebauten Sätzen auf ehrbare Weise regeln. Der Kutscher ist Dolmetscher.

Was soll ich groß drumherum reden - der Herr Haydn begibt sich auf dem Landwege nach München."

„Hat er den Tunnel genommen?"

„Ich hätte das nimmer getan, aber der Herr Haydn mit seinem Kopf..."

Herr Grotschy fischt aus seinem Reisegepäck ein Stück Papier.

„Hier haben Sie etwas dazu, damit Sie es mir auch abnehmen, dass ich Ihnen unverfälschte Einblicke in die Interna gebe. Selbstverständlich nur so weit, wie möglich."

„„Lieber Grotschy!

Es wird Sie nach meiner letzten Depesche nicht sonderlich überraschen, dass ich nicht mehr in London weile. Ich konnte Ihre Antwort auf meine Angaben zu einer Komposition über Pince-nez auf Schellenbaum und Zimbeln mit Kondensat Chor nicht abwarten und habe bereits zur Interimsnutzung die Soli weitgehend reduziert, so dass sich keine Konkurrenz von Blech und Gegenblech ergeben wird.

Ich hatte bereits Gelegenheit, mich über einen Landsmann in London um geeignetes Stimmenmaterial für eine tragende Komposition zu bemühen, die ich nun zum Einsatz bringen werde.

Illustre Namen, denen ich in Londons City und um Kensington herum wahrhaftig begegnet bin, scheinen mir inzwischen geeigneter für Adagios und Menuette als lexikalisches Wissen, dennoch muss ich darauf bestehen, dass ich zur Vervollständigkeit meines Recherchematerials die von Ihnen erbetene Liste nunmehr ohne Verzögerung hierher nach München gesandt bekomme.

Die weiteren Nachrichten sind nicht Besorgnis erregend, aber unerfreulicher:

Ich bemühe mich noch immer vergeblich um ein bedeutendes Dirigat. Kommentar überflüssig."

„Das halte ich für ein Gerücht! Der Herr Haydn mit seinem Nimbus – da haben sich die großen Häuser doch bestimmt alle zehn Finger nach geleckt, den mal auf das Pult zu bekommen!"

„Gnädige Frau, das ist kein Gerücht, das ist hochgradig eine Blamage! Der Herr Haydn komponiert sich die Finger wund und die Leut' wissen nichts anderes zu tun, als sich darüber das Maul zu zerreißen. Wo er doch ein wenig schlampert war und nie eine Note so gesetzt hat wie die vorherige!"

„Hat der Herr Grotschy ihm das nicht abgewöhnen können?"

„Ganz im Gegenteil. Der Herr Haydn hat große Nachsicht geübt.

So warten's doch, bis ich die entsprechende Stelle im Brief gefunden habe.

Er feuchtet den Zeigefinger mit Spucke an, dass es Frau Wykunda barmt und blättert hektisch in einem Bündel Papier.

Da:

,*Dennoch bitte ich Sie, alles, was Ihnen in Wien über den Münchener Intrigantenstadl zu Ohren kommt, mit besonders fingerspitziger Aufmerksamkeit zu behandeln. Ein Gamsbart ist kein Moustache. Erst recht kein weicher!*'"

„Wie kommt der Herr Haydn denn auf den Gamsbart?"

„*Fragen Sie nur weiter, wenn Ihnen etwas auffällt, was für Sie ohne Erklärung keinen Sinn macht. Der Herr Haydn ist nämlich in München außerordentlich umtriebig, was bei Unkenntnis der komplizierten Sachlage verwirren mag.*

,*Messen und Märsche gehen trotz aller anderen Malaisen gut*', *berichtet der Herr Haydn an den Grotschy.* ,*Veranlassen Sie Kopien!*'

Josef Haydn'"

Haydn mehrstellig

Frau Wykunda rutscht hin und her, nimmt einen Schluck Wasser zu sich, steht auf, entfaltet ein Handtuch, das ganz zu oberst in ihrer Reisetasche liegt und breitet es auf der Sitzfläche ihres Platzes aus.

Dann rollt sie ihre Schultern einerseits zur Lockerung der Muskulatur, andererseits, um zum Ausdruck zu bringen, dass die Ventilation doch wohl auf ihre Funktionstüchtigkeit hin zu überprüfen ist.

„,*Der letzte Schliff fehlt*', nimmt Herr Grotschy Haydns Bericht aus München wieder auf.

„,*Ich werde später alles nachholen, wenn ich mich im Zentrum Münchens davon überzeugt habe, dass englische Gärten selbst in der Diaspora ihren ohnehin schon exzellenten Ruf sogar noch um einiges übertreffen können.*

--

Es gibt im Englischen Garten (beachten Sie die Schreibweise des substantivischen Attributs!) nummerierte Liegestühle, die sehr begehrt sind.

Summa summarum wird das System- ähnlich wie im angelsächsischen Raum - von Angebot und Nachfrage zu Gunsten der Nachfrage angewandt, was zeitiges Erscheinen erfordert.

Es ist usus, dass Künstler, die dem Diktat des Lichts gehorchen, in gütlichem Einvernehmen Platz machen, wenn artverwandten Kollegen zu vorgerückter Stunde ein Leseplatz verwehrt bleiben sollte. Sie selber beschränken sich dann darauf, ganz entzückende Miniaturen zu kreieren. Ich habe bereits einige davon erworben, nachdem jeglicher Argwohn gegen meinen Wiener Akzent ausgeräumt werden konnte.'"

„Paradiesische Zustände!" Frau Wykundas Zwischenruf klingt nach Neid.

„Der Herr Haydn war ein Bonvivant! Wer wollte ihm das bei all seinem Können verübeln?"

„‚Um mein Wohlergehen brauchen Sie sich sonst keine Gedanken zu machen', schreibt er weiter an den Grotschy. ‚Nur eine Kleinigkeit, der Sie sich prophylaktisch schon mal annehmen können: Mein unverzichtbarer Kondensstreifen aus der phantomalen Hinterlassenschaft während der KrePo Tätigkeit in Hamburg, den ich in

London zunächst auffrischen konnte, hat dann doch in Folge der Nähe zum Ärmelkanal seine Konsistenz leicht verändert. Der hiesigen Zoll lässt das nicht durchgehen. Ein Halbkondensat ist in Bayern nur ausnahmsweise gestattet. Die Ausnahme muss ich mir erst besorgen. Eine entsprechende Nachfüllmöglichkeit aus der Isar gibt es auch nicht ohne weiteres. Der deus ex machina scheint ein Maria-Theresia-Thaler. Mehr nicht. Das ist alles inklusive. Ich bitte um schnellstmögliche Veranlassung einer schönen Prägung. Bitte mit Kurier schicken. Meine Hotelanschrift ist:

SgH Haydn, Josef, K.u.K. Hofkompositeur, Hotel Royal, München.

Ich selber habe vorsorglich mit allem Nachdruck widersprochen. Bis zur Herstellung der Vollkondensdichte bleibt der Streifen in Quarantäne. Um die Auffüllung kann ich mich erst kümmern, wenn ich bezahlt und unterschrieben habe, dass ich ihn als Halbkondensat nicht zum Einsatz bringen werde.

Leben Sie wohl und bleiben Sie gesund!

Haydn"'

„So einer war Ihr Herr Haydn also!" Frau Wykunda kann einen Anflug von Missbilligung nicht verhehlen."

„Was gefällt Ihnen denn daran nicht?"

„Der Lebenswandel."

„Na – auf keinen Fall. Der Herr Haydn hat schon einen extraordinairen Lebensstil gehabt, aber den tatsächlichen Lebenswandel hat er kaum merklich vollzogen. In München wäre er gar nicht aufgefallen.

Sie haben's den Herrn Haydn eben nicht gekannt. Der war trotz aller Aktionskünste von Kopf bis Fuß bürgerlich."

„Für so einen Luxus reicht die Vorstellungskraft meiner eigenen Bürgerlichkeit beim besten Willen nicht."

„Also, bitt'schön, gnädige Frau, wenn ich Sie darauf aufmerksam machen darf – heute Morgen habe ich Ihnen das Fußteil vom Sessel vis-à-vis herausgezogen, damit Sie keinen Stau in den Venen bekommen."

„Adern, Herr Grotschy, Adern!"

„Ganz wie Sie wünschen."

Frau Wykunda ist der entwaffnenden Art von Herrn Grotschy kaum gewachsen, was sie zu ihrer eigenen Überraschung nicht so sehr ärgert als höchlich amüsiert.

„Es war nicht Morgen, sondern Vormittag. Darauf lege ich Wert."

Frau Wykunda befeuchtet Ihre Lippen mit der Zungenspitze und guckt in einen Taschenspiegel, ob ihr altrosa Lippenstiftauftrag noch haftfest ist.

„Hat denn Ihr Herr Haydn wenigstens etwas von seinem lockeren Lebenswandel gehabt?"

„Manchmal mehr, als der Grotschy managen konnte. Warten's – ich erzähl es Ihnen genauer. Selbst, wenn es sich zuerst anders anhört, bekommt seine Schaffenskraft in München einen vitalen Schub. Das mag auf einem Ritual beruhen, was in manchen Gegenden abhanden gekommen oder durch anderes ersetzt worden ist.

Der Herr Haydn schreibt: ‚Man küsst sich und grüßt Gott Straß' auf, Straß' ab.'"

Herr Grotschy wirft Frau Wykunda einen unmissverständlichen Blick zu.

„So volksnah wie der Herr Haydn war, grüßt er mit und küsst doch nur verhalten. Nicht, weil er es nicht anders gemocht hätte."

Der unmissverständliche Blick gewinnt an Ironie.

„Er will das bayerische Ritual zunächst genau beobachten, bis er sich ihm ganz hingibt."

„Aha", lässt sich Frau Wykunda hingebungsvoll vernehmen und verschreckt damit Herrn Grotschy mehr als gewollt.

„Aber das nur am Rande, damit Sie nicht mich, sondern den Herrn Haydn von dieser empfindsamen Seite besser kennen lernen."

Frau Wykunda ist unentschieden. Sie sieht es als sinnlos an, sich mit derlei Annäherungen zu beschäftigen, wenn es keinen akuten Anlass gibt, was Herr Grotschy nach wie vor weitgehend respektiert und sich erst nach einem „Dona nobis pacem" von der CD zu Worte meldet.

„Das würde ich heut' anders formulieren, aber nehmen Sie bitte erst einmal vorlieb mit dem Eingespielten."

„Unmöglich! Man kann doch nicht einfach das ‚Dona nobis' abändern!"

„Gnädige Frau, ich kann dem nur beipflichten und Entwarnung geben. In München gibt es so ein Problem nicht. Was die gesamte Population über die Grußmodalitäten hinaus vereint, ist der Fön, der hier und da nicht unwesentlichen Einfluss darauf nimmt. Da heißt es auch für den Herrn Haydn gewaltige Abstriche machen."

„Der Fön ist also mit dem Kondensstreifen identisch?".

„Aber ja! Die letzten Überlegungen gehen sogar dahin, auf des Herrn Haydn Anregung hin zusätzlich zu den Wiener Kaffeehäusern die vielfältigen Wiener Salons in den Olymp der Donaumetropolitanen Charakteristika aufzunehmen. Erste Schritte in diese Richtung mit Vollfön nach Wiener Art sind getan. Espresso darf bereits jetzt angeboten werden, alle anderen Stimulationsgetränke werden aus dem nächst liegenden Kaffeehaus beschafft.

Haydn-Konzerte sind ebenfalls angedacht, scheitern jedoch zum gegenwärtigen Zeitpunkt noch an den unausgereiften Kugelgelenken mit Schwenktechnik für Frisierhauben, um den Schall nach außen zu lenken. Ein Piano forte Impromptu würde wohl nicht überfönt werden können, aber ein Violineinsatz auf der E-Saite könnte um seinen zirpenden Effekt gebracht werden und als ungewollter A-Effekt ohne Feintuner missverstanden werden."

Ich könnte mal nachschauen, was ich da noch an Dokumentationen in der Richtung bei mir habe.

Herr Grotschy kramt.

Schauen Sie – hier ist der passende Brief."

Herr Grotschy gewährt Frau Wykunda genau nach Sekunden bemessenen Einblick. Ein kleiner, kitzeliger Luftzug, durch das Wedeln des Blattes erzeugt, ist alles. Frau Wykunda tupft sich mit einem Batisttaschentuch den beweisuntauglichen Hauch von der Nase.

„Bitte, lesen Sie," hüstelt sie.

„„Lieber Grotschy!

Was macht Dorsch & Dorsch?

München hat zahlreiche Liegenschaften im Umland, die als Standorte geeignet wären. Eine Produktpalette nach Art von Fischereifreihäfen könnte die Bedeutung von Dorsch & Dorsch Ltd. bzw. GmbH & Co. KG. in aller Vielfältigkeit wiedergeben.

Über die Rechtsform müssen wir noch beraten und einen erfahrenen Advokaten mit Korrespondenzbüros in anderen Metropolen Europas hinzuziehen. Denkbar wäre auch eine Fondsgesellschaft als Tochter einer Societät.

In München, wo man sich anklangweise römisch orientiert, ist die Situation sehr günstig. Die Leute sind nicht nur relativ unempfindlich gegen Experimente, sie schreiben sich sogar bereits angenommene und abgeschriebene Misserfolge als Triumpf auf das Banner.

Selbst ein von Zweifeln erschütterter Künstler muss nicht aufgeben, bis in die höchsten Kreise vordringen zu können, um lukrative Aufträge zu erhalten.

Das schönste Beispiel dafür ist Schloss Nymphenburg, zu dem ein Schienenverkehr führt, was ich sehr begrüße und noch mehr begrüßen würde, wenn die Haltestelle nicht so schnöde vernachlässigt daliegen würde. Die Papierkörbe quellen über von gebrauchten Zeitungen. Diese armen Druckfetzen haben niemals Fish & Chips gesehen. Ich meine, Dorsch & Dorsch könnte genau da ansetzen, wo die schön hässlich arrangierte Mitteilsamkeit anderer aufhört.

Lassen Sie sich meine Anregungen durch den Kopf gehen und mich das diesbezügliche Resultat in absehbarer Zeit wissen.

Der Advokat, an den ich denke, ist in dem weißgrauen Palais in der Herrengassen.

Wohlergehen!

Haydn'"

„Über Nymphenburg hat er sich ja nicht gerade in epischer Länge ausgelassen", nörgelt Frau Wykunda, die Nymphenburg ganz oben auf ihrer Check-Liste von historisch relevanten Lieblingsschlössern mit Tafelgeschirr führt.

„Warten's. Ich kann dazu noch mehr bringen. Der Herr Haydn hat einen Zustandsbericht hinterlassen, der Sie mit seiner angeblichen Vernachlässigung von eingedeckten Tafeln zugunsten lukullischer Herrlichkeiten versöhnen wird.

Hier – hören Sie:

‚Lieber Grotschy!

Bestätige dankend den Eingang der Registereintragung von Dorsch & Dorsch.

Mit anderen Worten: Das bestellte Besteck ist zunächst nicht mehr von Nöten.

Haydn'"

Frau Wykunda funkelt mit den Augen. Sie sinnt auf eine tadellos durchformulierte Gegenargumentation.

„Besteck als Evaluationsmöglichkeit ist ein Thema von kaum zu überbietender Allgemeingültigkeit, besonders zum Zeitpunkt einer zukunftsweisenden Firmengründung", befindet sie.

Herr Grotschy bestreitet das nicht. Der Feststellung, eine dreiteilige Besteckgrundausrüstung trage zur Erhaltung von dynastischen Ansprüchen bei, stimmt er genauso wenig zu.

Er zieht es vor, mit der Fortsetzung eines neuen Kapitels seiner Ausarbeitung zum umfangreichen Wirken des Herrn Haydn ein hinreichend klares Bild zu konturieren. Sein unausgesprochenes, aber erklärtes Ziel ist es, Frau Wykundas so genanntes Böhmen-Mähren-Gefühl zu präzisieren, um sie in den vollen Genuss der hintergründigen Schönheit dieser historischen Landschaft zu bringen.

„Musik wird zwar von Engeln gemacht, spielt aber oft genug auf der Straße", lockt Herr Grotschy mit empirischer Pädagogik.

„*Das ist einer der Beweggründe, weswegen der Herr Haydn ausgezogen ist, die Außen- wie Innenwirkung auf sich und seinesgleichen in einigen europäischen Metropolen zu untersuchen.*

Sowohl in London als auch in München ist das ein schwieriges Geschäft, dass jedem, der sich darin engagiert, irgendwann sauer werden kann. In Wien wusste man das schon aus Tradition lange im Voraus.

Dort war man – wie vorauszusehen war - allgemein nicht gut auf London zu sprechen, in London – was etwas weit hergeholt wirkte - speziell nicht gut auf München. Man hatte ihn vor Spukgeistern gewarnt, was der Herr Haydn jetzt, nach eigenem Erleben, für stark übertrieben hält.

Über Paris hatte man sich an der Spitze bedeckt gehalten, aber eine weiter führende Empfehlung zugesagt, wenn der Herr Haydn sie für notwendig erachten würde. Die hat der Herr Haydn versäumt. Glücklicherweise ist ihm das noch rechtzeitig eingefallen und hat nicht auf irgendwelche Türöffner gebaut, die Soforthilfe bieten. Später ließ sich alles wie von selbst an.

Der Grotschy hat sich immer wieder in der Pflicht gesehen, sich als sein Sekretär in gebotenem Abstand einzumischen. Keiner konnte dem Herrn Haydn mehr sagen als er.

Hören Sie!

‚An den hochwohlgeborenen Herrn Josef Haydn

≈

Vielleicht haben Sie, verehrter Maestro, die Güte, in den Brustton der Münchner hineinzuhören und ihn durchzukomponieren, was einer Sensation gleichkäme, mit der wir hier in Wien rechnen und dabei auf Sie zählen.

Ergebenst

Grotschy'"

„Sie zitieren tatsächlich aus einem Schreiben des Herrn Grotschy in Wien?" Frau Wykunda ist sich inzwischen noch sicherer denn zuvor, dass ihr Herr Grotschy sich mit dem Wiener Namensvetter ein wenig zu stark identifiziert.

„Das können sich gnädige Frau doch denken", braust Herr Grotschy kurz auf.

„Hören Sie nur weiter, was der Herr Haydn dem Grotschy antwortet. Dann sind Ihre Zweifel so zerstreut, dass es Ihnen Leid tun wird, sie je gehabt zu haben!

‚*Grotschy -*

Ihr Kenntnisreichtum ist groß genug, um unter den gefransten und geblümten Topfenpalatschinken von Münchenern verschwinden zu können, wenn es beliebt.'

gez. Haydn'

Worauf es der Grotschy vorzieht, sich darüber seine eigenen, nicht gerade leichten Gedanken zu machen und zum geschäftlichen Teil übergeht:

‚*Verehrter Herr Hofkompositeur -*

Ich bin für Dorsch & Dorsch in Freising fündig geworden. In München selber sind nur noch Plätze im Hofgarten frei. Erbitte umgehend Mitteilung, ob das genehm ist.'

Ergebenst!

Grotschy'

Der Herr Haydn hat sich im Hofgarten bereits einen Stammplatz erkoren und kann sich über mangelnde Zuvorkommenheit der lustwandelnden Münchener nicht beklagen.

Man lässt ihn weitgehend in Ruhe, flaniert schwatzend und kauend an ihm Richtung große Kunst in den zweiten Teil des Geländes vorbei und stellt ihm auch nicht nach, als er sich Münchener Urgestein nähert. Das ist ein wahrhaftiges Mannsbild, beinahe wie ein Denkmal, das gebratene Maronen verkauft. Der Herr Haydn bleibt stehen, als ihn das Denkmal anspricht:

‚Sie schauen so aus, als ob Sie ein begnadeter Maronenverkäufer sein könnten.'

‚*Er kennen den?', fragt der Herr Haydn raffiniert anonym zurück und stellt sich ihm vis-à-vis in die Mitte der Fußgängerzone, so dass es schon beinahe wie eine herrschaftliche Inszenierung aus dem dortigen Residenztheater wirkt.*

Also, wissen Sie, gnädige Frau, der Herr Haydn war unübertroffen, wenn es darum ging, die Leute so zu überraschen, dass sie ihn beim besten Willen nimmer vergessen."

Frau Wykunda fehlt vorübergehend die erforderliche Vorstellungskraft, um die Spontaneität des Herrn Haydn mit Hingabe würdigen zu können, da sie traumweise vollends mit Klaviersonaten anderer Komponisten ausgebucht ist.

‚‚‚Nicht schlecht gespielt, Herr Haydn, nicht schlecht"', *lacht der Maronimann.* ‚Warum wählen Sie denn einen Tarnnamen, wenn Sie bei uns in München daher kommen, als wollten Sie nichts als Maronen verkaufen?'

Der Herr Haydn ist mehr als verwundert über eine derart unhöfliche Nachfrage. Wäre er in Wien, hätte er daraus auf seine Weise die Konsequenzen gezogen. ‚Was würde der Grotschy wohl an meiner Stelle antworten', *überlegt er.*

Wissen Sie, der Herr Haydn hat doch an dem Grotschy sehr gehangen, der ihm so viel Gutes getan hat, wenn der Herr Haydn von Wien weg war und alle Naselang nach ihm geschickt wurde und der Grotschy immer wissen musste, wo der

Herr Haydn gerade ist und was ihn dort umtreibt, wo er es selber doch nur ahnen konnte. Trotzdem hat er den Herrn Haydn immer verteidigt, als stünde er mit einem vollwertigen Kondensstreifen genau hinter ihm."

Frau Wykunda kann das wärmstens nachempfinden und hätte von sich aus auch so gehandelt, wie sie Herrn Grotschy versichert, wenn ihr so etwas wie einer dieser energetisch aufgeladenen Kondensstreifen in die Hand käme.

„Warten Sie. Es kommt noch besser. Ich lege noch eben die letzte CD ein."

„Musik?"

„Der Herr Haydn kannte sich bei Aufständen im Hühnerhof aus, weswegen sich für ihn eine Donaufrage außerhalb von Friedensförderungs-Kongressen nicht stellte. Er ist parat, den Maronenverkäufer aufs Korn zu nehmen. Beinahe ist es schon soweit, nur noch ein Schritt nach vorne...

‚Er versucht, ihre Zelebrität herunterzureden, würde der Grotschy mit großer Wahrscheinlichkeit mutmaßen, weil er fälschlicherweise in Richtung Hahnenkampf denkt', *sagt sich der Herr Haydn mit kühlem Kopf.* ‚Es steht zu befürchten, dass er nicht zahlen will.'

Das wäre auch dem Herrn Haydn unangenehm, weswegen er noch einmal genau in sich hinein hört, ob der Grotschy dieses Bauchgefühl Richtung Zahlungsunwilligkeit weiter begründet, kommt aber umständehalber nicht mehr mit seinem Resonanzboden zurecht.

‚Sie können bei mir einsteigen.' *Das Denkmal bewegt sich auf den Herrn Haydn zu, bevor der den ersten Schritt machen kann. Er will den berühmten Komponisten tatsächlich vor seinen Münchener Karren spannen.*

‚*Wie das, bitteschön?*', *fragt der Herr Haydn erst einmal rhetorisch und wünschte, er hätte seinen Kondensstreifen bei sich.* ‚Ich habe nie Maronen geröstet, weder mit noch ohne Schale.'

‚Ich muss mal eben rüber zur Trockenreinigung. Derweil bleiben Sie einfach vor meinem Maronenstand stehen und versuchen sich mit möglichen Käufern in Konversation.'

‚*Bitteschön. Da lasse ich mit mir drüber reden, wenn alles andere draußen vor bleibt.*'

‚Keine Verhandlung! Geben Sie mir als Pfand eine Münze. Dann sind Sie für heute bei dem Spaß dabei.'

Der Herr Haydn hatte immer einen blitzblanken Schilling in der Jackentasche, den er aber niemals hergab."

„Da bin ich aber froh, dass Ihr Herr Haydn nicht so leichtsinnig war. Stellen Sie sich vor, er hätte bereits den Maria-Theresien-Thaler gehabt und in seiner Laune, die ihn wohl in München häufiger überkommen hat, den kompletten Maronenstand gekauft und den Grotschy aus Wien als Bräter kommen lassen!"

„Dann wäre er von Sinnen gewesen. Der Grotschy hätte ihn für verrückt erklärt und sich sofort nach München begeben, um ihm persönlich die Meinung zu geigen! Wie sich das angehört hätte, mag man sich gar nicht ausmalen! –

Aber halten Sie sich fest, der schräge Deal kommt tatsächlich zustande."

Herr Grotschy umklammert seine Armlehne und behält Frau Wykunds genau im Visier.

„So halten Sie sich doch fest!"

Frau Wykunda bleibt nichts anderes übrig, als sich festzuhalten, weil Herr Grotschy jetzt - im spannendsten Moment - droht, sie mit dem Ausgang seiner Reportage allein zu lassen.

„Der Maronenverkäufer verschwindet in der Trockenreinigung, während der Herr Haydn mit einem Rost voll warmer Maronen zurück bleibt. Er beschließt, sich den Einfallsreichtum des Originalmaronenverkäufers wahrhaftig zu eigen zu machen und zu versuchen, ohne den Kondensstreifen hinter seiner eigenen Identität zu verschwinden, falls ihn jemand erkennen sollte.

‚Wir kennen uns', hört der Haydn gleich darauf jemanden hinter sich."

Herr Grotschy mahnt Frau Wykunda, den festen Griff um die Sessellehne ja nicht zu lockern.

Elle und Speiche

„Dem Herrn Haydn kommt die Stimme zwar entfernt bekannt vor, er beschäftigt sich jedoch nicht weiter damit und denkt sich immer noch in seine Aufgabe als Maronenanpreiser ein."

Frau Wykunda umklammert die Lehnen, Herr Grotschy genießt die Spannung, indem er kurz aufsteht.

Er überlegt, Frau Wykunda um Freigabe des Gangs zur Abteiltür zu bitten, um doch noch mal nach einem Service Ausschau zu halten. Ihn gelüstet nach einer süßen Stärkung. Ein Stück Guglhupf wäre genau richtig. Er ist jedoch nicht sicher, ob Frau Wykunda kooperieren wird und setzt sich wieder hin, um sich mit unübersehbarer Konzentration in die CD einzuhören und die dort vorgetragene Moderation zu kommentieren.

„‚Sir – wenn ich mich recht erinnere, sind Sie der Erfinder des Orchester Pincenez.'

Gnädige Frau, erinnern Sie sich an die Erfindung vom Herrn Haydn in London? Nun stellen Sie sich seine Verwunderung vor, dass ihn mitten in einer der Münchener Hauptfußgängerzonen jemand auf das Pince-nez-Konstrukt für Musiker anspricht, das ausschließlich für London reserviert war. Der Vertrag über die Nutzung war streng geheim. Es gab nur zwei Vertraute, die davon wussten."

Frau Wykunda erinnert sich, sogar, dass ein Konzert geplant war. Die Instrumente kann sie nicht aufzählen, aber bei den Zimbeln hatte sie gleich Bedenken, dass die mit einem Pince-nez zurecht kämen. Im Übrigen gäbe es im Fernschnellzug keinen Guglhupf, der Herrn Grotschy munden würde. Nach allem, was sie bisher gehört hat, setzt sie voraus, dass auch der Herr Haydn nicht bei Guglhupf auf den Geschmack für mehr gekommen ist. Warum sollte das bei Herrn Grotschy, der eine Blaupause vom Herrn Haydn zu sein scheint, anders sein.

Herr Grotschy mäandert sich zu einer indirekten Bestätigung durch und fordert die Dame mit dramatischer Mimik auf, nunmehr autogenetisch trainiert zu entspannen, damit sie die vollständige Geschichte in sich aufnehmen kann.

„Der Herr Haydn erkennt den Mann. Es ist sein Chauffeur aus London in Münchener Tracht. Loden von oben bis zur Mitte. Von da abwärts alles hirschledern. Die Wickelgamaschen fallen ihm als angenehm teilendes Element zwischen Ober- und Unterhirschleder ins Auge.

‚Möchten Sie übernehmen?', bietet der Herr Haydn seinem Londoner Chauffeur an. ‚Ich stelle mich beim Maronenbratpraktikum etwas ungeschickt an. Es ist gut, Sie an meiner Seite zu wissen.'

‚Ich habe aus London einen Flug-Kondensstreifen mit Giga-Nebeleffekt mitgebracht,' antwortet der, was dem Herrn Haydn mehr als zu passe kommt."

Frau Wykunda lässt augenblicklich die Sessellehne ganz los und faltet die Hände im Schoß.

„So einfach geht das?"

„Ich habe stark verkürzt."

„Dann bin ich ja beruhigt."

„Sie müssen's halt warten, wie der Herr Haydn reagiert. Das macht ihm so leicht keiner nach.

‚Wenn der Flug-Giga-Kondensstreifen für zwei Personen unseres Formats ausreicht, dann stellen Sie sich bitt'schön zentral vor mich', dirigiert er seinen Londoner Chauffeur um. Vorher sagen Sie mir aber, bitte sehr, was die Aktion kostet. Ich habe außer einem Schilling, nicht einen einzigen Pence bei mir.

Anders als in London, wo ich angemeldet und erwartet wurde, bin ich hier in München als Privatier unterwegs. Die Sphäre möchte ich mir solange wie möglich erhalten, ohne in pekuniäre Bredouillen zu kommen. Mein Sekretär in Wien wird zu gegebener Zeit Abhilfe schaffen können. Ehrenwort!'

‚Also unter der Hand?', fragt der Engländer zurück.

‚Das wäre mir unangenehm', bekennt der Herr Haydn ganz ehrlich und will verhandeln. Die Wirklichkeit überholt ihn jedoch.

‚Kundschaft! Treten Sie hinter mich!'

Also, aufgepasst hat der Herr Chauffeur schon! Er hat aber nicht mit der Eigensinnigkeit vom Herrn Haydn gerechnet, der darauf besteht, sich für die Gefälligkeit irgendwie erkenntlich zu zeigen. Der Herr Chauffeur hingegen bleibt hart wie schwarzer Carrara.

‚Ich muss trotz großer Bedenken widersprechen. Sie sind Maestro Haydn aus Wien, ich bin Ihr Chauffeur aus London. Sie stehen nur vorläufig hinter mir, während ich vor Ihnen kommissarisch Maronen verkaufe.

Der Netto Ertrag aus unserer Giga-Kondensstreifenpartnerschaft wird korrekt seinen Bestimmungen zugeführt. Seien Sie versichert, dass selbst nach fachkundigen Konsultationen kein anderes Ergebnis erzielt werden würde.'"

Frau Wykunda fühlt sich in allem bestätigt. Zum einen in der Notwendigkeit eines zumindest dreiteiligen Bestecks, zum anderen, dass die ganze Geschichte mit dem Herrn Haydn nicht ganz geheuer ist.

„Gnädige Frau, würde es Ihnen das Verständnis erleichtern, wenn ich als Erläuterung ansage, wer die wörtliche Rede an wen richtet?"

„Das können Sie halten, wie Sie wollen. Leben alle Musikforscher von Ahnungen, wenn sie rezitieren?"

Frau Wykunda zieht sich in ihre Bluse, den Pullover darüber und die beide bedeckende Jacke zurück.

Herr Grotschy befindet sich in dem Dilemma, mehr als zwei Sprechrollen übernehmen zu müssen.

„Sie können ja die Betonung anders akzentuieren, dann merke ich es schon."

Herrn Grotschys Stimme eiert, bis sie sich nach einigen Fehlversuchen wieder auf Normal Bariton einpendelt.

Was ich Ihnen sage, genau in diesem Moment kommt der Originalmaronenverkäufer mit einem Zylinder auf dem Kopf aus der Trockenreinigung zurück. Was wohl darunter ist?

Der Herr Haydn lässt sich durch den Energiestrom des Giga-Kondensstreifens leiten und denkt in mentaler Übereinstimmung mit dem Chauffeur, dass der Maronenverkäufer einen Kondensstreifen unter seinem Zylinder beherbergt, sie beide jedoch im Vorteil sind. Leichtsinn ist dennoch unter keinen Umständen angebracht. Die Giga-Kondensstreifenpartner stehen wie ein Mann. Auf der anderen Seite: das Maronimann-Denkmal mit seinem Zylinder. Wird er seinen Chapeau Claque lüpfen und ein Quietscheentchen hervorzaubern?

Der Zauber entfällt. Das Denkmal spendiert als Lohn ein Tütchen Maronen, das der Herr Haydn an seinen Chauffeur weiter reicht, als sie außer Sichtweite sind."

‚Statt Pence'.

‚Sehr wohl.'

„Gnädige Frau – wie klinge ich als Chauffeur?"

„Wie ein Schellenbaum."

„Ich finde, eher wie ein Pince-nez. In London sind Palliativ Patente sehr gefragt."

„Wie aufregend!"

Herr Grotschy kommt mit zunehmender Verzwicktheit der Situation mehr und mehr in Fahrt.

„‚Könnten Sie mir zur qualitativen Verbesserung meiner Arbeit den Flug- Giga- Kondensstreifen kostenlos überlassen?‘ wünscht sich der Herr Haydn vom Chauffeur.

‚Leihweise, wenn es genehm ist. Das ist bei Giga überall so üblich, zumal es sich um einen Flug-Giga handelt.

‚Gesetzt den Fall, dass ich damit einverstanden bin - wo ist die Sammelstelle, um das Kondensat zurückzugeben?‘

Und was meinen Sie, was der Herr Haydn jetzt denkt? -- Richtig!

‚Was würde der Grotschy sagen? Ohne Brief und Siegel annehmen oder nicht annehmen?‘

Aber der Herr Haydn weiß es schon selbst."

Herr Grotschy macht eine Kunstpause.

„‚Darf ich darauf zurückkommen, wenn ich die Wetternachrichten gehört habe?‘, bietet der Herr Haydn dem Londoner Chauffeur an.‘"

Kunstpause.

Herr Grotschy sammelt sich, um den Chauffeur zu geben:

‚Ganz nebenbei – ich bin gekommen, um Sie nach London zu begleiten. Die Proben für das Konzert mit Ihrer ‚Londoner Sinfonie' beginnen. Sie müssen allerdings mit einer Arena ohne Klimaanlage vorlieb nehmen.'"

Herr Grotschy mutiert wieder zum zwanglosen Erzähler:

„Der Herr Haydn bedankt sich und versichert, dass er sich mit fehlenden Klimaanlagen auskennt. Er könne einen Ventilator aus der Requisitenkammer der Fußbankverleiher mitbringen. Voraussetzung wäre allerdings, dass er vorher noch in Wien vorbeischauen kann."

„So ein Glückspilz! Weiß, wo man sich einen Conditioner beschaffen kann und stellt auch noch Bedingungen. Sie haben nicht zufällig auch einen Ventilator bei sich - sozusagen von einem Altruisten für eine Altruistin?"

"Gnädige Frau, entschuldigen Sie die intime Frage - Sie transpirieren?

Herr Grotschy betrachtet Frau Wykunda wie eine von Dermatologen examinierte Kosmetikerin auf der Suche nach verstopften Poren.

"Ja, ich sehe schon - wie unangenehm! Schon länger? Warum leiden Sie unnötig? Sie hätten es längst vermelden können. Wenn man so viele Stunden gemeinsam in einem Abteil verbringt, dürfte da keine Hemmschwelle mehr sein. Der Herr Haydn hat ebensolche Probleme gehabt, als er in die Jahre gekommen ist."

Herr Grotschy überlegt.

"Ich kann nicht mehr genau sagen, wann das war, aber wenn ich Sie so ansehe, meine ich, dass es zur Zeit seiner Sinfonie ‚Die Henne' gewesen sein könnte. Die Musik lässt nichts vermissen! Grandios! Sie können hoffen!"

Frau Wykunda hofft, dass er sich dazu durchringen kann, sich um die marode Klimaanlage im überheizten Abteil zu kümmern. Das ist nicht der Fall.

Der Zug schiebt sich mit dem Tremolo eines Wellenbrechers über die Schienen. Für einen sehr langen Moment scheint nichts mehr zueinander zu passen.

Irre ich mich oder fährt der Zug tatsächlich langsamer?"

"Gnädige Frau, Sie sind gerad' rechtzeitig aufgewacht. Der nächste Halt ist Wien."

„Ich habe meinen Reiseplan geändert. Die Besichtigung von Lomonossow in Moskau vertage ich auf später. Ad hoc-Entscheidungen sind sonst nicht meine Art, aber Sie haben mich überzeugt, dass ich derzeit andere Prioritäten setzen muss. Ich denke an das Kunsthistorische Museum."

„Bitt' schön – das freut mich. Dann wünsch' ich Ihnen viel Vergnügen in Wien. Ich selber fahre bis Warschau und komme später nach. Vielleicht begegnen wir uns ja zufällig in Wien auf dem Graben. –

Küss' die Hand!"

Herr Grotschy - ganz Kavalier- ist aufgestanden und trägt Frau Wykunda das Gepäck in den Korridor.

„Nur zur Abrundung Ihres derzeitigen Wissensstandes zwei besondere Depeschen, die ich Ihnen auf keinen Fall vorenthalten darf.

Die eine ist vom Herrn Haydn aus London, wo er schon wieder im Besitz eines provisorischen Kondensstreifens aus einer Londoner Spezialnebellage nahe Covent Garden ist, ohne selber Gelegenheit gehabt zu haben, seinen alten aus der Münchener Zoll Quarantäne zu holen.

Die andere Depesche ist vom Grotschy, der bereits Himmel und Hölle in Bewegung gesetzt hat, damit der Herr Haydn spätestens in Wien seinen alten Kondensstreifen zurück erhält."

Frau Wykunda nimmt das Dokument etwas unwillig entgegen und liest, indem sie ihre Brille bis zur Nasenspitze vorrückt:

‚Lieber Grotschy!

Nichts für ungut – wie weit ist München von Paris?

Haydn'"

Sie reicht das Schriftstück zurück.

„Hätten Sie das gedacht?"

Frau Wykunda hätte das keineswegs gedacht, zumal sie in Gedanken bereits irgendwo in der neuen Altstadt Wiens in einem Kaffeehaus sitzt, womit Herr Grotschy im Vertrauen auf ihre Begeisterungsfähigkeit gerechnet hat und sich bemüßigt fühlt, ihr noch etwas mehr Denkfutter mit auf den Weg zu geben.

„Bevor Sie gleich einem der traditionellen Wiener Kaffeehäuser die Ehre geben, hier noch die sibyllinische Antwort vom Grotschy, deren Gehalt später immer wieder Geschichte schreibt, ohne dass er es darauf abgesehen gehabt hätte:

‚Hoch verehrter Maestro!

In Beantwortung Ihrer Frage zu der Entfernung München-Paris antworte ich Ihnen nach intensivem Studium gerne, dass sie nicht weit genug ist.

Ergebenst!

Grotschy'"

Der Fernschnellzug Berlin-Wien hat seine Destination erreicht. Kurswagen 771 nach Warschau und Moskau mit Herrn Grotschy an Bord bekommt eine neue Lokomotive, bevor die Weiterreise über Böhmen und Mähren tiefer und tiefer in den Osten Europas führt.

--

„Gute Reise! Grüßen Sie Warschau – ich kenne mich dort aus. Bis zum nächsten Mal. Vielleicht in Wien?!"

„Gnädige Frau, wenn ich das gewusst hätt'! Vergessen Sie den Herrn Haydn nicht. Richtung Schottenstift haben Sie nach meiner Wahrscheinlichkeitsrechnung eine gute Chance, ihn anzutreffen, wie von mir geschildert.

Leben Sie wohl!

Warten's, gnädige Frau - gestatten Sie mir noch einen Rat: Nehmen Sie die Tram. Damit haben Sie insgesamt mehr von Wien."

Bitte umblättern®

Ordinarius Veccius

Illustration© zu „Jabo clic"

Bild	Seite
„Dunirolle" 3	7
„Dunirolle" 9	9
Baumhaus	14
Brötchenapporteur	18
„Dunirolle" 18	24
Hadyn Button 6	30
Passfoto 1.2	34
Passfoto 1	39
„Dunirolle" 15	40
Demosthenes und sein Prof	41
Haydn Button 7	42
E 15	47
„Dunirolle" 19	52
„Dunirolle" 6	62
Podiumsgespräch	67
Haydn Button 13	68
Baumhaus 2	79
„Dunirolle" 11	80
Neugieriger Blick	88
Franziska	93
Haydn Button 1	98
Erster	106
Haydn Button 22	113

Fortsetzung von Seite 200

Bild	Seite
Haydn Button 25	116
Schwebendes Verfahren	122
Haydn E 4	126
Haydn Button 24	129
Ice Hockey	132
Haydn Button 12	138
Ohrensessel	148
„Dunirolle" 14	152
Primavera	164
„Dunirolle" 17	166
Haydn Button 17	172
Haydn Button 26	177
Schön	180
Haydn Button 23	186
„Dunirolle" 10	192
Haydn Button 21	197
Urbs und der Kondensstreifen	199

Weitere Bücher von Irene Pietsch im Mandamos Verlag UG (haftungsbeschränkt)

DoKa

Landarzt mit Zukunft, Russlands Beitrag zur Kultur Europas in Modest P. Mussorgskys „Bilder einer Ausstellung", ist außerdem Dramaturg des großen Rätselratens um Nachspielzeiten in seiner bewegten Familiengeschichte, die er versucht, mit Mussorgskys Hilfe aufzudecken.

Paperback ISBN 978-3-946267-03-4
Hardcover ISBN 978-3-946267-04-1
e-Book ISBN 978-3-946267-05-8

ggg.plattform.ka

ist eine gewollte Satire.

Götter in Eile. Götter unter Erfolgsdruck. Engelsgleiche Geduld liegt ihnen nicht besonders, weswegen sie selber außerirdischer Hilfe bedürfen, um sich auf Erden beweisen zu können.

Paperback ISBN 978-3-946267-06-5
Hardcover ISBN 978-3-946267-07-2
e-Book ISBN 978-3-946267-08-9

Gestatten, mein Name ist Urbs

Urbs ist Gesandter in geheimem Auftrag einflussreicher Persönlichkeiten, um Lebensgewohnheiten vor Ort zu untersuchen. Dabei stößt er auf einen verdächtigen Handel mit schrägen Innovationen.

Paperback ISBN 978-3-946267-09-6
Hardcover ISBN 978-3-946267-10-2
e-Book ISBN 978-3-946267-11-9

Der kleine Mecklenburger

Ordinarius Villanova und Ordinarius Veccius machen sich auf den Weg, um den östlichen Nachbarn kennen zu lernen und erleben ein Konzert aus spannendem Theater, großer Oper und geistreichem Kabarett.

Paperback ISBN 978-3-946267-12-6
Hardcover ISBN 978-3-946267-13-3
e-Book ISBN 978-3-946267-14-0